大塩平八郎の乱

もはや堪忍なり難く

竹中敬明
Takenaka Yoshiharu

目次

一　この世の地獄

農作物が実らず、食べ物が欠乏して人々が飢え苦しむ飢饉は、いつの世にも発生した。

天下が安定した江戸時代に入ってからも、寛永飢饉、元禄飢饉、享保飢饉、宝暦飢饉と大きな飢饉が続発した。

天明年間を迎えた。

それまでの年号「安永」から「天明」に改元された時、人々は、「天明」が何か悪いことが起こる「天命」に通じるのではないかと、不安を抱いた。

天明元年（一七八一）、二年と、米の収穫は平年作で、平穏な年であった。

人々は、「天命」の悪い予感は杞憂だったのかと、胸を撫で下ろした。

だが、天明三年、この年は、年明けから天候が不順であった。

特に、東北地方では、春から「ヤマセ」と呼ぶ、北東の風が吹き荒れ、冷たい雨が降り続いた。田植えをする時季になっても、綿入れの冬の着物を身にまとっていた。

「田圃の水が冷たすぎる、これじゃ田植えが出来ぬ」

「それにお天道様がもっと照ってくれないと、稲は育たないぞ」

人々は顔を合わせると、稲作の不安を口にした。

七月になっても、ヤマセは吹き続け、夏の最盛期になっても、暑気は全く感じられなかった。田圃の稲は、冷風に、痩せた穂をなびかせるだけで、待ち望んだ秋の収穫期になっても、穂は青々としていた。

この年は、天変地異も続いた。

三月に陸奥国《むつのくに》の岩木山が噴火し、関東でも上州と信州にまたがる浅間山が活発な火山活動を繰り返し、四月八日に噴火を始め、六月に大噴火、七月の六日から八日にかけて最大級の大噴火を起こした。火砕流が山麓を流れ下り、麓の村を焼き尽し、何百人という死者、行方不明者が発生した。

浅間山噴火は、九十日間続き、関東一円に膨大な火山灰が降りそそいだ。田畑も灰で埋まり、荒地と化した。また、大量の噴石が川を堰き止め、関八州の各所で大洪水が発生し、多くの家屋、田畑を押し流した。

高く舞い上がった噴煙は、空を覆い、昼間でも暗闇の世界となった。

「お天道様が亡くなられた」

「とうとう、この世の終わりが来たぞ」

人々は、慌てふためいた。


天明三年（一七八三）の収穫は、平年の五分作の凶作となった。

これまで順調な収穫が続いていたので、どの藩も、農民も、飢饉への備えを忘れてしまっていた。藩は、江戸、大坂の商人からの借金返済や藩財政を維持するため、凶作にも関わらず農民から厳しく年貢米を取り立てた。

農民は年貢米を出すと、もう家には一粒の米も残っていなかった。

それでも生きねばならなかった。粟や稗《ひえ》の雑穀飯を食べ、それもなくなると、まだ十分に成長していない畑の作物を待ちきれずに食べ、稲を刈り取った後の田圃に入り、稲の根を掘り起こして食べた。

男たちは、野山に入って兎、鳥などを獲り、川や池で魚、蛙、ヒシの実などを取った。

女や子供は、木の実を取り、葛、山芋、百合などの根を掘り起した。

飢えた人々にとって、最も恐ろしいのは、冬の時期の到来だった。野山に雪が積もると、食料が全く手に入らず、餓死する者が相次いだ。

不幸は、この年だけで終わらなかった。

天明四年（一七八四）も天候不順が続き、前年を上回る大凶作となった。

二年連続の凶作で、農民は恐怖のどん底に陥った。

食べるものが尽きると、それまで嫌って避けてきた、家で飼っている犬、猫を食べ、果てには農耕の労力として欠かせない馬や牛までも食べるようになった。

もう食べるものがなくなると、子供たちは「腹が減った、腹が減った」と、一日中泣きわめき、大人たちは、痩せ細った体を横たえているだけであった。

人間は、食べるものがなくなっても、直ぐに死ぬわけではなかった。水を飲めば、二週間も三週間も生き続けることがあった。だが、それは一日、一日、一寸刻みに、苦痛と恐怖を刻むものであった。

やがて残っていた体力を使い尽くすと、人は枯木のように朽ち果てていった。

飢饉においては、すさまじい生き地獄が発生した。

『天明卯年所々騒動記』には、
・口減らしのため、子供が次々と捨てられ、子供が泣きながら親を探し歩いた。

・行き倒れて死んだ母親の乳房に、赤子がすがりつき、通りかかった人々は哀れと思ったが、誰も助けようとしなかった。
・幼児に与えられた食べ物を、親がその子から奪い取って食べてしまった。
・家族の中に、息が絶えようとしている者がいると、死ぬのを待ちきれず、食いついた。
・母と妹の死体を食いつくした男が、家に物乞いに来た子を殺し、貪り食ってしまった。
・生まれたばかりの子に、親が食らいついた。
・死んだ者の肉を、犬の肉だと偽って売り歩いた。

飢饉の津軽地方に入った菅江真澄の旅日記『楚堵賀浜風《そとがはまかぜ》』には、
・草むらに白骨が累々と散らばり、髑髏《どくろ》が転がっていた、髑髏の穴から草が生えていた。
・もう何も食べるものがないと、家族が枕を並べて床に伏し、体力のない者から亡くなっていった。最後に残った者が、亡くなった者の体を食べた。
・病気になった者を、まだ息があるのに殺して食べてしまった。

八戸《はちのへ》藩が飢饉を記録した『天明卯辰簗』には、
・ある村に、夫婦、子供と夫の母が住んでいた、夫が飢えで病になり、五穀を所持する母親に食べさせてくれと乞うたが、母親は、母親に食べさせてもらえず死んでしまった。母親は、雪隠《せっちん》に行くにも袋に入れて持ち歩き、こそっと自分一人で食べていた。

・嫁が、腹が減ったと泣く我が子を殺し、その死骸を食べてしまった、姑は、嫁が死骸を食べたと村役人に訴え、村人は人間のすることではないと、嫁を川に投げ込み殺してしまった。因業《いんごう》な姑は、食い物を食い尽くすと、近所の子供を殺そうとして村人に捕まり縊《くび》り殺されてしまった。

京都の医者、橘南谿《たちばななんけい》が天明六年（一七八六）に津軽、南部地方を訪れた際、そこで見聞したことを記した『饑渇負《けかちまけ》』には、

・家族の者が次々と亡くなり、父親と息子一人が生き残った。食べ物がなくなった父親が隣りの家に行って、自分の息子は二、三日のうちに死んでしまう、息のある間に殺して食べてしまいたいが、自分では殺せない、お前が息子を殺してくれるなら、肉の半分をやろうと、頼んだ。隣家の男は、大いに喜んで引き受け、鉈《なた》で息子を殺してしまった。それを見ていた父親が飢えで疲れていた隣家の男を鉞《まさかり》で殺してしまった。こうした計略で二人分の肉を手に入れ、塩漬けにして一ヶ月ばかり食つないだが、結局飢え死にしてしまった。

人は生きるか、死ぬかの瀬戸際になると、誰もが鬼になった。

天明の大飢饉は、天明三年(一七八三)から天明七年(一七八七)までの、五年間に亘って続き、この間、東北地方を中心に膨大な数の死者が発生した。

これは、餓死だけではなかった。飢饉においては、死んだ人間、牛、馬、犬、猫まで食べたことによって疫病が流行し、体力のない老人や乳幼児が次々と死んでいった。

この他にも、口減らしのために、生まれたばかりの赤子が殺された。

死者は、藩の記録によると、仙台藩で約二十万人、弘前《ひろさき》藩で八万から十万人、盛岡藩で四万から九万人、八戸藩で約三万人、相馬《そうま》中村藩で約一万八千人など、東北の藩だけでも三十万人を超した。

どの藩も藩内の死者が多いと、幕府から失政の責任を問われ、改易される恐れがあるため、被害の深刻さを出来るだけ外に出さないよう取り繕った。

このため、実際の死者は、これをはるかに上回るものとなり、全国を合わせると、その数は、計り知れなかった。

二　天保飢饉

天保三年（一八三二）、「天明の大飢饉」から五十年近くが経っていた。

百姓の米吉《よねきち》一家が住む村は、奥丹波の山裾にへばりついたような小さな村だった。

村人は七十人ほどで、山間の狭い田畑を耕して暮らしていた。

米吉の家族は、米吉（四十三歳）と、母親の梅（六十七歳）、妻の妙《たえ》（三十五歳）、娘の鈴（十七歳）、末の子である末吉（十五歳）の五人であった。

「おばあ、今朝、裏の竹藪で珍しいものを見たぞ。竹に花が咲いていた」

畑仕事から帰って来た米吉が、土間でわら草履を編んでいる梅に伝えた。

「米吉、昔から竹に花が咲くと、天災地変が起こると言われている。悪いことが起こらねばよいがのう……」

竹の花は、何十年に一度しか咲かず、花が咲くと、竹が一斉に枯れてしまうので、昔から悪いことが起きる予兆と言われてきた。

「おばば、大地震かな、それとも戦かな」

「いや、今年はいつもの年より寒すぎる、稲が実るか心配じゃ」

梅は、稲作を気にしていた。

囲炉裏の自在鉤《じざいかぎ》に釣り下がった鍋から、美味そうな味噌汁の匂いが漂っていた。

今の米吉一家には、貧しいながらも平穏な暮らしがあった。

この年、春頃から天候が不順だった。

冷たい雨が降り続き、三日として晴れる日がなかった。夏になっても、暑気は全くなく盆の頃になっても、冷雨は止まなかった。

「私が子供の頃、天明の大飢饉があった。あの時と同じような天候じゃ。凶作にならねばよいがのう……」

梅がしきりに心配した。

「こんなにお照らしが少なくては、稲は実らんぞ」

「日照り乞いをせねばならん」

村人は、神社や寺に詣で、天候の回復を祈った。

だが、秋の収穫期になっても、どの田圃も青々として、稲穂をつけることはなかった。

天保三年（一八三二）の収穫は、平年の五分作の凶作となった。

村人は、天明飢饉以来の飢饉に直面し、うろたえた。

「蓄え米を売ってしまった。食べる米がない」

「儂のところもそうだ」

どの農家も、飢饉に備えた蓄え米を、米相場の高値につられ、全部売り払っていた。

米吉の家だけは違っていた。

「飢饉になったら、金など何の役にも立たん。天明飢饉の時、大金を出して米を売ってくれ、売ってくれと頼み回った男がいたが、一合の米も売ってもらえず、男は百両の大金が入った袋を首から下げて死んだそうだ。だから米吉、どんな時でも飢饉に備えて、米は蓄えておくのだぞ」

天明飢饉の恐ろしさを経験した梅は、日頃から言い続けた。

米吉の家には、三俵ほどの蓄え米があった。

「この米を食い延ばすしかない、飯は固く炊かず粥にして、大根の葉や芋のツルなど何でも入れなされ」

梅が、米吉の嫁の妙に教えた。

「米吉、どんなことがあっても、籾米《もみごめ》だけは、絶対に手を付けてはいかんぞ」

米吉に強く言い聞かせた。

籾米とは、籾殻のついたままの米で、蒔くと発芽して稲になり、次の年の稲作のために、蓄えておかなければならない大切なものであった。

それなのに米がなくなると、空腹に耐えきれず、籾米まで食べてしまう農家があった。

「我が家は、今年は何とかしのげても、来年また凶作になったら、大変なことになる」

梅は、次の年を恐れていた。

飢饉による餓死は、凶作の年より、食料が底をつく翌年の春から初夏の時期に集中するからであった。


天保四年(一八三三)、この年も春から冷たい風が吹き、長雨が続いた。

「去年と同じ天候だ、今年も凶作になるのではないか」

村人は心配した。

夏になっても、日照不足で稲は青枯れし、全く実をつけることがなかった。

不安は的中し、この年の収穫は、三分作という大凶作となった。二年続きの凶作に村人は打ちのめされた。

藩も狼狽した。天明飢饉の教訓から、飢饉に備えた米や穀類を備蓄していたが、江戸や大坂の相場の値上がりで儲けようと、全部を売り払ってしまっていた。

幕閣も連年の凶作に動揺した。

天明飢饉において、江戸では米価高騰に庶民の怒りが爆発し、大規模な打ち壊しが発生し、米屋、酒屋、質屋、商家、両替商などが次々と襲われた。

幕閣は、将軍のお膝元で、再び打ち壊しが発生することを恐れ、江戸へ米を集めることに躍起になった。全国の藩や幕府天領に対し、厳しく年貢の取り立てを命じた。

更に、幕府が有事に備え、譜代大名の城に蓄えた「城詰米《しろづめまい》」まで、供出するよう命じた。

凶作は、日本六十余州全部がなるものではなく、凶作でない藩もあった。

本来は、凶作でない藩が援助の手を差し延べるべきなのに、どの藩も自藩の米を囲い込み、親類藩以外に出すことを禁じた。売るにしても少量で、破格の値を求めた。

凶作藩は、藩士の俸禄を削り　米を原料とする酒造りや穀類を原料とする豆腐や納豆などの製造を禁止したりしたが、焼け石に水でしかなかった。

幕閣は、凶作藩への積極的な救済策に乗り出すことはなかった。凶作藩の困窮は、一層深刻になり、多くの民が生死の淵に追いやられた。

米吉の家でも、遂に蓄えていた米や麦、豆が底をついてしまった。

粟、稗、黍《きび》などの雑穀も食べ尽くし、米糠《こめぬか》や大豆の皮まで食べるようになった。

一家は、毎日、野山に出て、野草を採り、木の根を掘り、食べられそうなものを必死に探した。

「鈴、末吉よ、これはドクゼリだ、これを食べたら死ぬ」

梅は、鈴や末吉が採ってきた野草の中に、ドクウツギ、ドクニンジン、クサノオウ、ヤマゴボウ、クワズイモなどの有毒なものを教え、捨てさせた。

村人の中には、これを知らずに食べて中毒になったり、死んだりする者がいた。

梅は、木の根を打ち砕き、渋を抜いて食べる方法や、毒がある野草を水に晒して毒抜きする方法なども教えた。

米吉一家は、もう食べられるものは食べ尽くしてしまった。

「おばば、どうしたらよいのじゃ」

米吉が途方に暮れた。

「藁《わら》を食べるのじゃ」

「おばば、馬じゃないぞ、そんなもの食べられるのか」

「藁をそのまま食べるのではない、藁餅にするのだ」

梅が、藁餅の作り方を教えた。

藁餅は、生藁の土をよく洗い落とし、半日くらい水につけて灰汁《あく》を出し、穂の部分は捨て、茎の部分を細かく刻み、蒸して干す。干したものを煎って、臼で引いて粉にする。その粉を水でこね合わせて餅のようにし、それを蒸すなどして塩や味噌をつけて食べるのである。だが、おおよそ食べられるような代物ではなかった。それでも生きるために無理やり口に入れるしかなかった。

天明の大飢饉を経験した梅には、生きるための知識があった。だが、米吉の村では、そういう知識のない者は餓死していった。

飢饉の恐怖は、飢えだけではなかった。

疫病が流行し、粗末な食事で衰弱した体に疫病が襲い、体力のない幼児や老人が次々と死んでいった。村人は、「次はうちの家か」と、恐怖に陥った。

万策尽きた村人たちは、藩が助けてくれることをひたすら願った。

「儂ら百姓が全滅したら、藩もやっていけなくなるぞ」

だが、救いの手はなかった。

三　再びの大飢饉

天保五年、六年は、幸いにも天候は順調であった。

米の収穫も平年並みに持ち直したが、だが、その年を食べるだけで精一杯で、蓄える余裕などなかった。

天保七年（一八三六）、この年は春頃から、また冷たい雨の日が続いた。田植えした苗は根付かず、夏になっても暑気がなく、稲は全く穂が出なかった。

天保七年の収穫は、二分作から三分作となり、天保三年、四年の大凶作を上回る、皆無大凶作となった。もう生きていくのは困難となった。

米吉の村にも、再び生き地獄が巡ってきた。

「何で、こんな不幸が続くのだ」

「儂らは前世の報いを受けているのかな」

村人は運命を呪った。

米吉の家でも、口に入るものが、日に日になくなっていった。

働き者の妙が、痩せこけてきた。体を動かすのも辛そうだった。

妙は、毎日の僅かな食事のうち、自分の食べる分を、陰で子供たちの椀に盛っていた。

ある日、梅がそれに気づいた。

「妙さん、私が残すから、あんたは食べなされ」

「いえ、私は食べたくありませんから……」

子供たちを何としてでも生かしたい、母親としての強い思いだった。

やがて米吉一家に、最初の不幸が襲った。朝、起きてこない妙が床の中で冷たくなっていた。

「年寄りの私より先に逝くなんて……」

梅は、神や仏を怨んだ。

食べ物が尽きた村人が生きる道は、ただ一つ。村を捨て、物乞いに出るしかなかった。

米の収穫が良かったと伝え聞いた藩や、商家が多く集まる城下町、魚が獲れる海辺の村などへ、鍋を背負い、椀を懐に入れ、家族でふらふらと出て行った。

村には、昔からの厳しい掟があった。飢饉でも、村を逃げ出た者は、田畑を取り上げ、再び村に戻って来ても戻さないというものであった。

村人は、村に残るのも地獄、村を出るのも地獄だった。


ある夜、囲炉裏端で梅と米吉が話し込んでいた。

「おばば、儂らは毎日、朝早くから晩まで田圃に出て、汗水たらして働いているのに、どうしてこんな辛い目に遭わなければいかんのだ」

米吉が梅に、さかんに不満をぶちまけていた。

「米吉、人生は、地震や台風、洪水、そして戦や疫病など、いろんな災厄に出遭うのが宿命なのだ。自分の力では避けられないのだ」

「おばば、飢饉は違うぞ。殿様や代官様が助けてくれれば、こんなに苦しむことはない。御上が悪いのだ。一揆でも起こしてやりたい」

米吉が怒りをぶちまけた。

「米吉、迂闊なことは言うものではないぞ。私ら百姓は、昔から御上に盾突くことが出来んのだ。飢饉になっても、どうすることも出来んのだ」

梅が諦めたように言った。

だが、その直ぐ後に、梅が険しい顔で言った。

「米吉、もうこの村に住んでいては、家族全員が死んでしまう。鈴と末吉を連れて、食い物のあるところへ行くのだ」

「おばば、そんなことをしたら、先祖から預かった田畑を取り上げられてしまうぞ」

「私が残るから心配いらん」

「おばばを一人残して行くわけにはいかぬ。儂も残る」

「皆がここにいては共倒れになる。お前たち若い者は、少しでも助かる道を選ぶのだ。私はここで御先祖様とお妙さんの位牌を守っている」

梅は、死ぬ覚悟を決めていた。

「おばば、行くといっても何処へ行けばいいのだ」

「大坂だ。大坂は天下の台所といって、全国から米や物が集まってくる。たくさんの店がある。たくさんの人もいる。大坂へ行けば何とかなる」

それから声を潜めて米吉に言った。

「大坂か、道中で大きな宿場町に着いたら、鈴と末吉を、何処かの店の奉公人に雇ってもらうように頼むのだ。食べさせてもらうだけでいいと言うのだぞ」

次の日、梅が家に残っていたありったけの食べ物を袋に入れ、三人に背負わせた。

「ばあちゃん、食べるものが何もないから、一人でいたら死んでしまう。一緒に行こう」

鈴が泣きながら、梅の袖を引いた。

「私のことは心配せんでもええ、お前たちが帰って来るまで家を守っているから」

梅はそう言って、三人を強引に外へ押しやった。

「皆、早く行け」

びしゃと、戸を閉めた。

その強い音に、梅の覚悟があった。

三人は、泣きながら村を出るしかなかった。


街道に出ると、青白い顔をし、痩せこけた人の波が続いていた。皆、虚ろな目で、無言だった。赤ん坊を背負い、年寄の手を引き、歩く者もいた。誰もが何処へ行く当てもなく、ただ、今日の食い物を求めて、人波に連なっているだけであった。

道中、商家や大きな農家の前に来ると、誰もが競い合うように椀を差し出した。

「お恵みを、お恵みを」

群がるようにして、施しを求めた。

大人はなかなか施しを受けられないため、子供に椀を出させる親もいた。

「何もやるものなどない」

どの家も冷たかった。

毎日、毎日、次から次へと飢えた者が門口に立つため、施しの切りがなかった。

それでも、運よく食い物が貰えると、誰もがガッガッと貪り食った。

「この娘を買ってください」

娘を連れた家族は、旅籠屋《はたご》に来ると、飯盛り女に雇ってもらう交渉をした。命をつなぐために、僅かな金で女の体を売るしかなかった。

だが、女は誰でも雇ってもらえるわけではなかった。旅籠屋の主人は、若くて、器量よしを見定めた。

ふらふらと歩く人の波が続いた。

やがて力尽きた者が、一人、二人と道端に倒れ込んでいった。草むらには、行き倒れになった者が放置され、白骨が散らばっていた。

飢えた野犬の群れが徘徊し、衰弱して倒れた人間がいると、直ぐに集まって来た。助けようとする者に牙をむいた。誰もが気力を失い、無表情で通り過ぎるだけであった。

米吉親子は、重い足どりで歩き続けた。

時たま貰った施しを三人で分け合い、夜になると、神社の床下や大きな木の下で、筵《むしろ》を敷いて寝た。冬ではないので、命をつなぐことが出来た。

米吉は、娘盛りの鈴に、こんな惨めな思いをさせるのが耐えられなかった。一日も早く、鈴だけでもよいから奉公先が見つかることを願っていた。

村を出てから三日目、この日は朝から強い雨が降り続いていた。日が暮れかかる頃、街道の大きな宿場町にたどり着いた。

今晩、寝るための筵を敷く場所がなかなか見つからなかった。途方に暮れて、油屋の看板が掛かった商家の庇の下で、雨宿りをしていた。

「寒くて死にそうだ」

雨の中を歩き続けた三人は、体が濡れ、震えていた。

たまたま外に出て来たこの屋《いえ》の主が、三人に気づいた。

「そんなところにいては死んでしまう、裏の納屋で泊まっていきなされ」

親切に声をかけてくれた。

この晩、握り飯と熱いお茶まで出してくれた。

三人にとって〝地獄に仏〟とは、この人のことかと思った。久し振りの食事にありつけ、三人は命をつないだ。

次の朝、米吉は一晩中考えていたことを、思い切ってこの屋の主人に話そうと思った。仏様のような主人なら、きっと聞いてもらえそうな気がした。

「この娘を、こちら様で奉公させていただけないでしょうか、いえ、お金などいりません、ただ食べさせていただけるだけで結構です」

米吉は、すがるのはもうこの人しかいないと、必死に頼んだ。

「困りましたな」

急な申し出に、主人は戸惑っていた。

それでも、奥に入り、内儀《おかみ》としばらく相談していた。

「じゃ、一年ぐらいなら預かりましょう、出来るだけ早く迎えに来なさいよ」

米吉は、両手を合わせて夫婦を伏し拝んだ。

こんな早く幸運に出会えたのは、おばばや亡くなった妙の導きだと思った。

鈴は、飯盛り女にならずにすみ、命もつながった。

「お前さん方、早く大坂に入りなされ」

また、主人が握り飯を持たしてくれた。

米吉親子は、街道を歩き続けた。

街道は、破れた着物に裸足の者、着物代わりに筵をまとい、縄で腰を縛った者、米俵を頭から被った者など、ふらふらと歩いていた。

荒れ果てた家屋が所々にあり、家の中には髑髏や白骨が転がり、髑髏の穴からぺんぺん草が生えていた。飢えて朽ち果てた一家だと思われた。

やっと大きな城下町にたどり着いた。

町は、物乞いをする者で溢れ、異様な喧騒があった。

大きな寺の境内に、藩のお助け小屋が設けられ、門前に痩せ衰えた人の列があった。

「よその藩の者は駄目だぞ」

藩は、他藩からの飢民が流れ込むと食料が減るとして、小屋に入れるのは自藩の領民に限るとしていた。小屋に入れた者は、出身の村の名を書いた木札を首から下げさせられた。

米吉は、生きるために村の名を偽って、どうにか末吉と小屋に入ることが出来た。

米吉らの直ぐ後に、二人の幼子を連れた夫婦が小屋にたどり着いた。

「この小屋はもう満員だ、ここに入れることは出来ぬ」

「子供の具合が悪いのです、なにとぞ入れてくださいませ」

「駄目だ、駄目だ」

役人は冷たかった。

夫婦が必死に頼み続けた。

「おい、誰か、代わってやる者はいないか」

役人が小屋の中を見渡した。

誰もが下を向いたままであった。

米吉は、この子供連れ夫婦と代わってやるべきか迷ったが、結局、口には出せなかった。

子供連れ夫婦は、小屋の前にしばらく佇んでいたが、やがて立ち去って行った。

後で聞いた話では、この哀れな家族は、悲観して近くの川に飛び込んで死んでしまったという。米吉は、自分が死なせたように思われ、心が重かった。

だが、今は、他人に同情していては生きてはいけなかった。


お助け小屋は、五間《けん》、八間ほどの広さで、壁などはなく、杉の枝などで周囲が囲われた粗末な小屋だった。小屋の真ん中に火を焚く穴が掘られ、寝る場所には筵が敷かれていた。

誰もが、虚ろな表情で横たわっているだけであった。

朝、夕の二回、粥と塩が出されたが、到底腹を満たせる量でなかった。

お助け小屋は、命をつなぐ場所であったが、恐ろしい場所でもあった。大勢の者が狭い場所に詰め込まれているため、疫病が発生すると、たちまちのうちに感染した。収容者たちは、毎日、栄養失調や疫病で次々と死んでいった。死体は、裏山に掘られた穴に、ゴミのように投げ入れられた。

もう誰も、憐みの情を持つ者などいなかった。明日は我が身であった。

米吉が小屋で疫病に感染してしまった。

高熱を出し、もう立つことも出来ず、一日中、横たわっているだけであった。

死を悟った米吉が、末吉を呼び寄せた。

「末吉、ここにいてはお前も死ぬ。早くここから出るのだ」

「いやだ。おとうと一緒にいる」

「末吉、家に一人でいるおばばを助けてやってくれ。お前はここを出るのだ」

強く言い聞かせた。

「儂の粥も食べ、腹を十分にこさえて逃げるのだ」

米吉は、そう言って、肌身離さず身につけていた小さな仏像を、末吉の手に握らせた。

「これは先祖伝来の仏様だが、食うものがなくなったら、これを売ってでも生きるのだ」

苦しい息の下から告げた。

末吉は、夜、秘かに小屋を抜け出た。

「おとう、おとう」

泣きながら、暗い夜道を大坂に向かった。


朝方、山間の小さな集落に入った。

人影は全くなく、死に絶えたか、全員が逃げ出した集落のようだった。

カラスの群れが舞い、不気味な静けさだけがあった。末吉は、地獄の底に引きずり込まれるような気がして、一目散に駆け抜けた。

しばらく歩いていると、街道の入口にある寺の前に、人だかりがあった。皆、一様に椀を手にして並んでいた。

末吉は、施粥《せがゆ》だと分かり、列の後ろに並んだ。

境内に大きな炊き出し釜が据え付けられ、粥が煮立っていた。

「仏の慈悲を恵んでやる。有難く思え」

「一人に一杯だけだぞ」

二人の男が横柄な態度で、柄杓で粥をすくい、椀に入れていた。

やっと末吉の番がきて、椀を差し出した。

「お前は、この村の者か」

「いえ、違います」

正直に答えてしまった。

男が不機嫌そうな顔で、他の者より少ない量を入れた。

「お前のような者は、二度と来るな」

末吉の背中に、冷たい言葉が飛んできた。

――仏の慈悲を口にする者が、何でそんなに傲慢なのだ。

末吉はそう思ったが、口には出せなかった。

僅かな量の粥をすすり、また、歩き始めた。


半日ほど歩いていると、白壁の蔵が幾つもある村に着いた。家の庭先や畑には、柿が鈴生りになっていた。何か恵んで貰えそうな気がして、末吉は気持ちが少し明るくなった。

「余所者は、この村に入るな」

村の入口に、屈強な男たちが立ちはだかって、追い返していた。

「何か恵んでください」

情けにすがった。

「お前たちにやるものなど何もない。向こうへ行け」

村は、一個の柿でも盗られるのを警戒した。

末吉は、仕方なく別の道に向かった。


飢饉になると、百姓は、自分の田畑の作物が盗まれるのを最も警戒した。

村は、稲盗人、畑盗人、野菜盗人を防ぐため、血判をして神前で互いに誓い合い、誓いを破った者に対し、厳しい制裁を科した。

末吉は、道中、「叺往生《かます》」という話を聞いた。

田畑の作物を盗んだ者が、手足を縛られ、藁で編んだ叺に入れられ、川に投げ込まれるというものである。

腹を空かせた親子が大豆畑に忍び入り、大豆を盗み、捕えられた。親子が何度詫びても許されず、叺の中に入れられ、川に投げ込まれてしまった。

必死に浮き上がろうとする親子を、男たちが棒で打ち、沈めてしまったという。

――毎日、仏壇の前で手を合わせている人間が、どうしてこんな残酷なことをするのか。

末吉は、人間が恐ろしくなった。

百姓は、皆、弱くて、善良な存在ではなかった。時には、強欲で、残酷だった。

末吉は、今日も、ふらふらと歩き続けた。

もう二日間、何も食べていなかった。時おり、川の水を椀ですくって飲むだけで、体力は尽き果てそうだった。

そんな末吉の目の前に、青々と実った大根畑が広がってきた。

きらきらと輝いて見え、生きる希望が蘇ってきた。

人のものを盗んではいけないという善悪の心は残っていたが、あまりの空腹に耐えきれなかった。一本だけなら、よかろうと思った。

畑の周りには、棍棒を持った男たちが見回っていた。

末吉は、大豆を盗んで叺往生させられた親子のことが思い出され、足がすくんだ。

だが、死ぬほどの空腹が、恐ろしさを忘れさせた。

男たちの姿が見えなくなった僅かな隙を狙って、畑に飛び込んだ。太そうなのを一本引き抜くと、脱兎のごとく畑を飛び出した。

気づいた男たちが、血相を変えて追いかけてきた。捕まったら叺往生させられる、末吉は、力を振り絞って逃げた。

やっとの思いで林の中に逃げ込むと、男たちは諦めたのか、追って来なくなった。

手で土を落とし、かぶりついた。乾いた大地に慈雨が浸みるように、末吉の腹の中に、命が浸み込んでいった。大切な残りの半分は、手拭いで包み、腰に巻いた。

末吉は、また、歩き続けた。

空腹と疲労で、何度も道端に倒れ込んだ。

――もう歩くのは止めよう、このまま死んだ方が一層楽になる。

何度もそう思った。

「末吉、立つのだ」、「末吉、歩くのだ」

空の方から、おばばや、おとうの叱る声が聞こえてきた。

末吉は、生きるためには歩くしかなかった。おばばや、おとうのためにも歩かねばならなかった。

村を出てから何日目だったか覚えていなかったが、遠くに大きなお城が見えてきた。

大坂の町だった。

四　東町奉行所与力

大坂は、江戸幕府の直轄地で、徳川将軍に代わって大坂城代が治めていた。城代の任務は、大坂城の警備、大坂城下と畿内の治安維持、西国大名の監視であった。この城代の下に、二つの奉行所が設けられていた。江戸の南町奉行所、北町奉行所に対し、大坂では、東町奉行所、西町奉行所となっていた。

奉行所は、大坂三郷（北、南、天満）、摂津、河内、和泉、播磨の幕府領を管轄し、主に管内の治安維持、町方の政治、訴訟などを任務としていた。また、大火の場合の現場指揮も担った。そして、この奉行所を司る奉行は、江戸の二、三千石程度の旗本が派遣されていた。

東西の奉行所は、市中を流れる大川（淀川）の南に位置し、大坂城の直ぐ近くあった。それぞれの奉行所は、「東の御番所」、「西の御番所」とも呼ばれていた。

東西の奉行所は、それぞれ与力《よりき》三十騎、同心五十人を抱え、一ヶ月ごとの月番制で、職務を執っていた。そのためか、互いに対抗意識が強く、時には反目しあった。

奉行所の与力、同心は、大川の北にある天満町一帯の地に住み、与力は五百坪、同心は二百坪の広い屋敷を与えられていた。

商人の町である大坂では、日頃から奉行所の役人と、商人、町人との深い結びつきがあった。年頭、盆、暮には、商人、町人からの付け届けが日常化し、訴訟において争い事が決着した場合、双方から礼金を贈る慣行もあった。

このため、不心得な役人の中には、額の大きい訴訟を選んで担当したり、争い事の相談に乗ると称して、茶屋接待や賄賂を求める者がいた。

役人の私宅には、夜な夜な商人、町人の出入りが絶えず、多くの役人が役得にどっぷりと浸っていた。


東町奉行所に、大塩平八郎という一風変わった男がいた。

大塩は、寛政五年(一七九三)正月、東町奉行所与力の父敬高《よしたか》と、同じく与力の大西氏の娘との間に生まれた。

父の敬高は三十歳で早世し、母も翌年に亡くなるという不幸があった。このため、大塩は、祖父政之丞《まさのじょう》の嗣子《しし》となり、文化三年（一八〇六）、十四歳で与力見習いとして東町奉行所に出仕するようになった。そして、文政元年（一八一八）、与力の祖父が亡くなり、二十六歳で跡目を継承し、東町奉行所与力となった。

大塩は、顔が色白で細長く、眉毛も目も細く、学者か文人のような風貌であった。

だが、佐分利《さぶり》流の槍免許皆伝の腕を持ち、弓馬の道にも長けていた。

生真面目な性格で、人一倍に正義感が強かった。これは幼少の頃、祖父からの厳しい薫陶を受けたせいでもあった。

大塩には、相手の思惑や周囲の事情などを気にせず、自分の思いどおりに行動する、直情径行なところもあった。それは、大塩の長所であり、短所でもあった。

生真面目な性格のせいか、大方の同輩が妻帯をしているのに、独り身を通していた。

「大塩様、いつまでもお独りでは、何かとご不便でしょう。伴侶を持たれましては如何ですか」

周りの者が気遣った。

「儒学の教えには、三十にして室を持つ、という言葉がある。それに何も困ってはいない」

大塩のいつもの返事であった。

大塩と長年に亘って親交のある一人に、般若寺村庄屋の橋本忠兵衛がいた。

「与力になられたお方がいつまでも独り身では、世間体も悪いです、私がお世話をさせていただきます」

忠兵衛が縁を取り持った。

相手は、曽根崎新地で茶屋渡世を営む大黒屋和市《わいち》の娘、ひろという女であった。

器量よしではなかったが、芯の強い女であった。

茶屋の娘を、いきなり奉行所与力の嫁にするわけにはいかぬので、忠兵衛が一旦引き取り、ゆうと名を改めさせ、自分の妹として大塩家に入れた。

五　陽明学者の顔

大塩は、奉行所与力を務める傍ら、陽明学者としての顔を持っていた。

幼少期において祖父から、「大塩家の先祖は遠江の守護職今川氏の臣として仕え、今川家滅亡後は徳川家康公に仕えた。小田原の役で高名な敵将を倒した功で家康公から直々に御弓を賜った家柄」と聞いた。

大塩も先祖に負けぬ立身出世を志したが、天下泰平の世において、弓や槍で武功を立てる機会などなく、徳川の世襲的身分制度にがんじがらめに組み入れられた身では、到底叶わぬことであった。

大塩は、身を立てる道を学問に求めた。

幼少の頃、祖父から中国の儒学者、呂新吾《りょしんご》が書いた『呻吟語《しんぎんご》』を読み聞かせてもらい、強い関心を持つようになり、次第に陽明学への道を志すようになった。

陽明学は、中国の明時代の儒学者、王陽明が開いた学問で、時代に適応した実践倫理として、「万物一体の仁」「致良知」「知行合一《ちこうごういつ》」の思想を説いた。

万物一体の仁とは、天地万物を全て一体とみなし、全ての存在が我が身の一部で、他人の痛みは自分の痛みと捉え、これを直そうとするのは自然の理であるとする。

良知とは、身分、学問に関わらず、人が生まれつき持っている、是非、善悪、正邪の判断力で、致良知とは、これを現実の場で実践することである。

知行合一とは、知識と行為は本来一体のものであり、学問で学び得たことは、実行することで本物になるとするものである。

大塩は、師につくこともなく、独学で励んだ。

旺盛な研究心は、和漢の書籍を次々と買い込んだ。このため、書籍は、書斎、書庫に入りきらず、居間、廊下、物置までうず高く積もった。


大塩は、奉行所で特異な存在であった。

「奉行所の仕事は、昔からの流れに従ってやっておればよい、そうすれば誰にも嫌われず、気楽にやれるものだ」と先輩から教えられていたが、大塩の性格と陽明学の教えは、それを受け入れることが出来なかった。

大塩は、自分にも厳しく、同僚にも厳しかった。

「与力、同心たちには、未だかって学問、教養のある者は一人もいない」

と、その無学、教養の無さを嘆いた。

「罪人を裁く立場にある役人が、権力を嵩にきて、善悪、是非の判断を失い、独善的に人を裁いたり、賄賂によって手心を加えたりしていることは、罪を裁く者と裁かれる者と何ら違いがない」

と、役得に現を抜かす同僚たちを軽蔑した。

それは、自分は腐った役人とは違うぞという、大塩の強い自意識でもあった。

大塩は、人を裁く奉行所の仕事を正しくするには、身を修め、学問することの大切さを同僚たちに説いた。

そんな大塩に教化されたのか、次第に同僚の中に教えを乞う者が出てきた。

大塩は、これに応えるため、文政八年（一八二五）、「洗心洞《せんしんどう》」という私塾を開いた。

三十三歳の時であった。

洗心洞の名は、学問することによって、常に心を洗い清め、赤子のように穢れがない心を持って学ぶことが大切である、そんな気持ちが込められていた。

大塩の評判が高まるにつれ、入門を求める者が相次いだ。遠隔地から学びに来る者もあり、屋敷内に寄宿舎を設けるに至った。

大塩は、洗心洞の入門に際して、八ヶ条の規則を課した。


一我が門人たるものは、忠信を主として聖学の意を失うべからず。若し、俗習に率《したが》ひ、学業を荒廃し、奸細邪淫に陥ることあらば、その家の貧富に応じ某より命ずる経史を購ひ、これを出して塾生の用に供すること。

一自ら孝弟を行ふを以て、問学の要とする、故に小説、雑書を読むべからず、若し、これを犯せば、少長となく鞭《むち》若干加ふること。

一毎日の業は、経業を先にし、詩章を後とする、若し、この順序を傾倒せば、鞭若干加ふること。

一陰に俗輩悪人と交わり、登楼飲酒等の放逸を為すを許さず。若し、一回たりとも之を犯せば、その譴《とが》は廃学荒業と同様なること。

一寄宿中に、私に塾を出入することを許さず、若し、某《それがし》に請はずしてほしいままに出づる者あらば、帰省といふとも赦し難く、鞭朴若干加ふること。

一家事に変故ある時は、必ず某に相談あるべきこと。

一葬祭嫁娶《かしゅ》及び諸吉凶は、必ず某に申告あるべきこと。

一公罪を犯す時は、親族と雖《いへど》も掩護《えんご》せず、之を官に告げてその処置に任すべきこと。

この定めは、洗心洞での勉学はもとより、寄宿舎生活、私生活にまで及ぶ厳しいものであった。大塩は、これに違反した者は、時には破門にした。

大塩の一日は、多忙であった。

朝七ツ（午前四時）に起床し、直ぐに一回目の講義をし、五ツ（午前八時）に奉行所に出仕、八ツ（午後二時）に帰宅すると、直ぐに二回目の講義をした。その後も三回、四回と講義をする日もあった。並みの精神力ではなかった。

講義は、「読礼堂」と呼ばれる講堂で、儒教の経書の中で特に重要とされる「四書六経」を中心に講じた。

大塩は、刻限に遅れた者は講堂に入れさせず、冬の寒気が厳しい日も、講堂の全ての戸を開け放ち、寒風が吹き抜ける冷たい板の間で、正座で受けさせた。

居眠りする者には、容赦なく鞭で打った。

講義をする大塩の眼光は、獲物を狙う鷹のように鋭く、塾生を射すくめた。

「この世を海とするならば、自分たちはこの世の海を渡る船である、この世の海を渡るには、心の舵が必要である。毎日、自分たちはこの世の海に浮き沈みしている、正しい心の舵がないと、利欲の雨、高名の嵐、情欲の波に沈没してしまう。心の舵をしっかり操作し、この世を渡らねばならぬ」

と、常々塾生を諫めた。

こうした厳しい学問の場は、師弟の絆を一層強めることになった。

そして、それは次第に師弟関係から、主従関係へと形を変えていった。

六　剛腕にして、人情あり

大塩が筆頭与力に昇進すると、仕事への厳しさがより顕著になった。

「大塩様、吟味の御裁可を願います」

部下から吟味伺書が提出されると、大塩は正否、理非を厳しく判断し、叶わぬものは、全て差し戻した。そして、従来からの事なかれ主義も排し、〝是は是、非は非〟とばかりに信念を貫き通した。

「前の筆頭は、簡単に裁可してくれたのに、今度の筆頭は正義漢ぶって、難癖ばかりつけ、なかなか裁可してくれない」

「融通が全く利かぬお人だ」

「いや、あの御仁は変わり者だ」

役人たちは、陰で悪口し、大塩を敬遠した。

そんな雰囲気は、大塩も肌で感じていた。

――儂は損な性格だ。これまでの流れでやっておれば、気楽に仕事が出来るし、部下から嫌われることもないのに……。

それでも大塩の仕事への信念は変わることはなかった。

こんな奉行所の雰囲気の中で、大塩が存分に仕事が出来たのは、奉行の高井山城守実徳《さねのり》の理解と信頼があったからである。

「ああいう男がいないと、正しい奉行所の仕事は出来ぬ」

山城守は、何かにつけて大塩の強い後ろ盾となった。


奉行所で剛腕を振るう大塩であったが、三十六歳になっても子が授からなかった。

由緒ある大塩家を絶やさぬために、家督を考えねばならなかった。

文政十一年（一八二八）九月、与力仲間である西田青太夫《あおたいふ》の弟、格之助《かくのすけ》を養子に迎え入れた。

格之助は、背が低く、色黒で、出っ歯のさえぬ容貌であったが、学問の道への志が高いことが、大塩の目に叶った。

西田家の嫡男でない格之助にとって、世に出る道は他家に養子に入るしかなく、大塩家の養子に迎え入れられたことに、格之助は強い恩義を感じていた。

「私は、大塩家のために、父上のために身命を賭します」

従順な青年であった。

大塩は、奉行の高井山城守に長く仕えた。

高井山城守は、文政三年（一八二〇）、歳遅くして伊勢山田奉行から大坂東町奉行に就任した苦労人であった。温厚な性格で、気骨のある人物でもあった。

高井は、大塩の手腕を高く評価して、何かと重用した。

ある日、大塩は私宅に呼ばれ、酒を馳走になった。

大塩は、斗酒も辞さぬ酒豪であったが、この日ばかりは遠慮しながら杯を受けた。

「実はな……、これまでの奉行たちが手を付けようとしなかった厄介な事件がある」

山城守が酒を注ぎながら、胸の内を開いた。

大坂町奉行所は、幾つかの難事件を抱えていた。

奉行は、二、三年の任期で交代するのが通例で、このため、どの奉行も出世が目の前にあると厄介な事件には手を出さず、任期を終えていた。

「儂は、これらの事件を一掃したいと思っているが、事件には上が絡んでいるので、事前に情報が洩れ、証拠が隠されてしまう」

山城守は、上が誰なのかは言わなかった。

「この事件は、下手をすると詰め腹を切らされることにもなるかもしれん。儂はそれを覚悟で、これらの事件を一掃したいと思っている。火中の栗を拾うことにもなるが、儂に力を貸してくれぬか」

還暦を過ぎた高井山城守には、もう次の栄進への欲もなく、腹は座っていた。

「よくぞ御下命くださいました。私は、高井様のためなら、身命を賭します」

大塩が闘志を燃え上がらせた。

正義のため、民のために働くのが奉行所の仕事だという、強い使命感があった。


三つの事件の摘発に着手した。

一つは、女祈祷師事件であった。

怪しげな女祈祷師が、よろずの病気、悩み事を祈祷によって必ず治すと称し、多くの人から多額の金品を騙し取っていたものである。

裏で堂上《とうしょう》家の土御門《つちみかど》家が関係しているとも噂されていた。更に、禁裏の捜査には幕府の窓口である京都所司代の許しが必要であり、所司代は、何故か腰が重かった。

二つは、破戒僧事件であった。

堕落した僧侶による目に余る乱行であった。

これらの者は、身なりを変えて遊郭や茶屋に足繁く通い、どんちゃん騒ぎをしたり、芸奴を妾にして別宅に囲ったり、芸奴に茶屋をやらせたりするなど、庶民から顰蹙《ひんしゅく》を買う淫行乱行ぶりであった。

三つは、弓削《ゆげ》新右衛門に係る事件であった。

西町奉行所与力の古株である弓削新右衛門は、何かにつけ横暴で、裏で悪事を働く奸物であった。公然と賄賂を求め、事件においても、功名手柄を求めるあまり、悪辣な手先の者を使って強引な捜査を繰り返し、多くの冤罪者をつくり出した。

このため、罪なき者が磔《はりつけ》にされたり、遠島にされたりした。市中には、弓削に対する怨嗟の声が満ち溢れていた。

大塩は、これらの事件捜査に当たって、信頼できる部下を選抜し、粘り強く内偵捜査を重ね、動かぬ証拠を固めていった。

最後は、高井山城守の決断で逮捕に踏み切り、白洲に引きずり出した。

事件の張本人は、明白な証拠を突きつけられては、もはや弁明も叶わず、堂上家も口を出すことは出来なかった。

結果、悪行を働いた者は、市中引廻しのうえ磔、死罪、家名断絶、遠島などに処せられた。弓削は、西町奉行の内藤隼人正《はやとのしょう》が勘定奉行に栄進し、江戸へ去った後、弓削の親戚筋が集まり、家名断絶を避けるため新右衛門を切腹させた。

高井山城守が、私宅に大塩を招いた。

「大塩、そちなればこそ出来たのだ、今宵は大いに飲んでくれ」

高井山城守が労をねぎらった。

大塩は、今回だけは遠慮せずに一斗酒を飲んだ。

事件解決により、「東町に名奉行の高井あり、名与力の大塩あり」と、大坂市中の評判は、いやが上にも高まった。


大塩は、民の争い事にも気を配った。

油掛町で染物業を営む美吉屋《みよしや》五郎兵衛に関わる一件があった。

五郎兵衛らの染物商売には問屋があり、問屋は株仲間という独占的な組織を作って、利益統制を図っていた。店が染料で染め上げる木綿生地を生産者から直接仕入れることを許さず、株仲間を通じてしか認めなかった。株仲間は、このような独占的取引によって、大きな利益を得ていた。

五郎兵衛は、これまでにも株仲間の不当な統制を奉行所に訴え出たが、袖の下を貰っている役人は動こうとしなかった。腐れ縁のない大塩は、憚ることがなかった。自由で公正な取引のために、株仲間による不当な統制を改めさせ、五郎兵衛が生産者と直接取引することが出来るようにしてやった。

「我々の長年の慣行であったのに、あの与力は余計なことをされた」

大塩に対する株仲間の評判はすこぶる悪かった。

「理不尽なことは許さぬだけだ」

大塩は、一向に意に介することはなかった。

後日、大塩の私宅に五郎兵衛の姿があった。

「大塩様、お蔭さまで商売がやり易くなりました。御恩は忘れません」

風呂敷に桐箱を包んで、お礼に来た。

桐箱の菓子の下に、山吹色のものがあった。

「大塩様、お礼の気持ちです。お納めください」

「五郎兵衛、儂を見損なうな。儂は金のためにやったのではないぞ」

突っ返した。

「大塩様、このご恩は一生忘れません」

五郎兵衛が恐縮しながら、帰って行った。

大塩の潔癖すぎるほどの性格は、その後も事件に手心を加えてもらおうと、賄賂を持ってくる者を容赦なくはねつけた。

大塩は、民の小さな声も疎かにしなかった。

民は、訴え事や苦情があっても、厳めしく構える奉行所に、恐れながらと訴え出ることは、なかなか出来ぬことであった。

このため、訴え事や苦情を紙に書き、中に石をくるみ、奉行所や役人の屋敷に投げ入れる「投げ文」という方法を取った。

名与力として評判の高い大塩の屋敷には、しばしば投げ文があった。

「父上、今日はこれだけありました」

毎日、格之助が屋敷内から拾い集めてきた

大塩は、面倒がらずに、その一つ、一つに目を通した。

理のあるものについては、これを奉行所の仕事として取り上げ、解決してやった。

大塩にとって、投げ文は、事件摘発の端緒になり、世情を知る上での大切な情報ともなった。

七　若隠居となる

大塩にとって、大きな出来事が起こった。

ある日、高井山城守から打ち明けられた。

「そちだけに伝えるが、儂は本日、城代様に養生願を出してきた、奉行を辞し、江戸へ戻り病気養生をするつもりだ」

高井山城守の奉行在職は、十一年に及んでおり、奉行としては異例の長さであった。歳も還暦をとうに過ぎ、それに長い間、患っている持病があった。

大塩にとっては衝撃であった。

「高井様、それなら私も一緒に奉行所を去りとうございます」

「それはならぬ。この奉行所にはお前の力が必要だ。後の奉行を助けてやってくれ」

「高井様あっての私です。高井様が去られたら、私の居場所はありません」

奉行から重用されていることに対して、奉行所内の羨望や嫉妬など、冷たい視線があるのを大塩は感じていた。それと、奉行所の仕事は、もう十分にやり尽くしたという気持ちもあった。

奉行の強い遺留にも関わらず、大塩の辞意は変わることがなかった。

「大塩、よく働いてくれた。礼と言ってはなんだが、そちが養子に貰った格之助を与力見習に就けてやろうと思っている」

高井の感謝であった。

文政十三年（一八三〇）八月、高井山城守が江戸へ発つことになった。

「大塩、世の中には、不正や不条理なことが一杯ある。それに大勢の人間がいれば、いろんな考え方がある。それぞれに都合のいい正義や理屈がある。だから物事の解決には時間がかかるものだ。物事を解決するのに、あまり急いてはならんぞ」

最後に、大塩に言い置いた言葉だった。

大塩の性格、生き方を懸念するような言葉だった。

大塩と親しい人物も、大塩のことを心配した。

「あの男は、切れ味の鋭い刀だ。今まで高井様という鞘があったからこそ名刀でおられたが、鞘がなくなったら、ギラギラする抜き身だ」

正直、大塩には不気味なところがあった。

大塩は、高井山城守が去った後、養子格之助に職を譲り、奉行所を辞した。

三十八歳であった。隠居には少し早いと思ったが、陽明学の研究、講学に専念したい気持ちもあった。そして、何よりも自分の最大の理解者で、後ろ盾でもあった高井山城守がいなくなったことが一番の理由であった。

大塩は、隠居の身となったが、奉行所との関係が、完全に切れたわけではなかった。

高井山城守からの申し送りがあったのか、その後の東町奉行は大塩を役宅に招き、何かと仕事についての意見を求めた。

「私ごとき隠居に、ご相談をいただけるとは……」

謙遜していたが、自意識の強い大塩としては、大変に満足なことであった。

当然のことながら、これに報いるため大塩は全力で応えた。

大塩が職を辞した後は、格之助が与力見習いとして、東町奉行所に出仕していた。

「あれが、変わり者の大塩の婿だ」

「親父と同じように変わり者だぞ」

同僚たちは、後ろ指を差した。

格之助の奉行所での居心地は悪かった。大塩が奉行所在職中に、部下に厳しかったことが、格之助にそのまま跳ね返ってきた。

同僚は、格之助に冷ややかな視線を送り、時には無視した。

格之助は、毎日、針の筵に座らされているようであったが、養父が正義を貫き、民のために仕事をしたことを心の支えにしていた。


天保三年（一八三二）、四年、天候不順で凶作となった。

全国各地で飢饉が発生し、飢えに追い込まれた農民による一揆、騒動が相次いだ。

畿内でも、天保四年九月に加古川筋の農民が一揆を起こした。

この多難な年、大坂西町奉行に矢部《やべ》駿河守定謙《さだのり》が、堺奉行から転任してきた。矢部は、待ったなしの飢饉対策に取り組まなければならなかった。

矢部は、大塩の奉行所時代の手腕を聞き及んでいた。

「隠居殿、知恵を貸してくださらんか」

謙虚に意見を求めた。

大塩も意気に燃えた。

ともに気性の激しい二人は衝突もしたが、矢部は、大塩の献策を受け入れ、奉行所保有の備蓄米を安価で払い下げ、米の買い占め、囲い込みを禁止し、堂島の米相場に制限を加えて米価の高騰を防ぐなどの対策を講じた。更に、船場の豪商らに救済の義捐《ぎえん》を求めた。

矢部は、こうした積極的な施策によって飢饉が深刻化するのを防いだ。

市中には、「矢部うれし、駿河のふじの山よりも名は高く成り、米は安く成り」との落首が出廻るなど、矢部駿河守定謙を称えた。

「このような非常事態においては、隠居殿のような存在が絶対に必要だ。隠居殿は奉行所を早く辞めすぎたようだ」

矢部は、大塩を惜しんだ。

「いえいえ、全て駿河守様のご英断によるものです」

駿河守は大塩の見識を称え、大塩は駿河守の英明さを称えた。

奉行所を辞してからの大塩は、ますます陽明学の講学、著述に力を入れていた。

大塩は、我が国の陽明学の祖で、「近江聖人」と呼ばれる中江藤樹《とうじゅ》先生に、以前から深い関心を持っていた。

藤樹先生の足跡を知るべく、天保三年（一八三二）六月、琵琶湖の西岸、北国海道《ほっこくかいどう》沿いの小さな村、近江小川村にある「藤樹書院」を初めて訪れた。

大塩は驚いた。

書院は、藤樹の死後、何故か領主の大溝藩から門人の解散を命じられ、人の出入りが途絶え、建物は荒れ、藤樹の学問を受け継ぐ人もいなかった。

そのため、書院も学問も荒廃していた。そんな中、村で医師をしている志村周次《しゅうじ》が懸命に書院を守り続けていた。

大塩は、志村から藤樹先生の生涯を知ることとなった。


中江藤樹は、慶長十三年（一六〇八）三月、近江小川村で、農業を営む父母のもとに生まれた。祖父は、米子藩加藤家に仕える武士で、後継ぎの男子がなかったため、藤樹は九歳の時、養子に貰われた。藩主が伊予大洲に転封になったため、藤樹は祖父に従い、大洲に移った。

祖父亡き後、祖父の跡目を継いで百石を賜り、出仕するようになった。

藤樹は、士道の道を儒学に求めて精励し、儒学の勉学にも励んだ。ただ、勉学の師がいなかったため、独学で儒教の根本原典である『四書大全』の習得に努めた。

藤樹は、郷里の小川村で父亡き後、一人で暮らす老いた母への思いが片時も頭から離れなかった。儒学を学ぶ者として、人の道の根本である、孝養を疎かにしていることが堪えられなかった。母への孝養の念が強まり、郷里へ帰る気持ちが芽生えてきた。

藩家老を通して、何度も致仕を願い出たが、なかなか許しが下りなかった。藤樹は、母が生きているうちに帰らねばと、脱藩する気持ちに傾いていった。

だが、藩主の許しを得ずに脱藩することは、それは不忠となり、上意討されるか、切腹しなければならなかった。大洲藩の郡奉行の職にある藤樹には、尚更のことであった。

藩主に忠義を尽くすべきか、母に孝養を尽くすべきか、気持ちが揺れ動いた。

もし、脱藩の途中で上意討されたら、母への孝養が出来ず、却って母を悲しませることにもなると、藤樹の苦悩の日々が続いた。

藤樹は、遂に脱藩を決意し、決死の覚悟で実行した。

苦難の末に小川村に戻ることが出来たが、禄を失い、村では苦しい生活を余儀なくされた。刀を売った金を元手に、細々と商いをしながら、母を助け、学問に励んだ。

藤樹の名声は、日を追うごとに広まり、名を聞き及んだ人々が教えを乞うようになった。

藤樹は、三十二歳の時、自宅に塾を開いた。

入門の心得として、六ヶ条の「藤樹規」を作った。

一大学の道は、明徳を明らかにするに在り、民を親しむに在り。至善に止まるに在り。

一天命を畏れ、徳性を尊ぶ。

一博く之を学び、審《つまび》らかに之を問い、謹んで之を思い、明らかに之を弁じ、篤く之を行う。

一言ふに忠信、行ふに篤敬、忿《いかり》を懲らし、欲を塞ぎ、善に遷り過《あやまち》を改む。

一其の義を正して、其の利を謀らず、其の道を明らかにして、其の功を計らず。

一己の欲せざる所、人に施すなかれ、行って得ざること有れば、諸を己に反り求めよ。


門人、村人たちは、これをよく守り、学問に励んだ。

自宅での教場が狭くなり、藤樹を敬愛する門人、村人たちは、師の学恩に報いるため、資金、資材を出し合って、正保五年（一六四八）に「藤樹書院」を完成させた。

藤樹は、その半年後の慶安元年（一六四八）八月十五日に亡くなった。四十一歳だった。

この時、母は存命であった。

大塩は、藤樹先生の示された「藤樹規」が、自分が実践に心がけていること、そのものであり、また、藤樹先生が母に孝養を尽くすために決死の脱藩をし、郷里の人々に講学の生涯を捧げた生き方に、尊敬の念が更に増した。

大塩は、その後、藤樹書院の再興を願って幾度となく小川村を訪れるようになり、志村の依頼もあって、大溝藩士や村人に講義をするようになった。

小さな村に高名な学者が来ることは、小川の村にとっても大きな誇りでもあった。

志村は、大塩にますます心服し、更に教えを乞うた。

「先生、私を洗心洞の門下生に加えてください」

「ご都合のつくときに、大坂に来られたらよろしゅうござる」

志村の念願が叶った。


天保四年（一八三三）五月、大塩は、洗心洞での講義録、研究成果をまとめた『洗心洞箚《さっ》記《き》』を刊行し、同学の士や知己に贈った。

その中に、江戸の学問所昌平黌《しょうへいこう》の塾長で、著名な学者佐藤一斎《さとういっさい》があった。一斎は、朱子学を専門としながらも、陽明学も修め、その名は世に知れ渡っていた。

大塩は、佐藤との面識などなかったが、同じ陽明学者として、自分の研究成果を知ってもらいたかった。自分の心境を書いた書簡も送った。

「私は、地方の小役人で、裁判や刑罰を執行する仕事で禄を貰っていました。ただ長の命ずるままに仕事に専念し、そのまま平穏に年をとればよいのに、独り志を高くして道を学んだため、世に受け入れられず、皆から煙たがられました。まずい世渡りをしてしまいましたが、佐藤先生なら、きっと私の生き方を理解してくださると思います」

不器用な生き方を晒しつつも、一斎先生なら分かってもらえる、そんな思いがあった。

この時、一斎六十二歳、大塩四十一歳であった。

著名な陽明学者として大塩の名が知られるにつれ、洗心洞への塾生が増えた。奉行所の役人、畿内諸藩の藩士、医者、神官、大坂近郊の村の庄屋、名主などをしている豪農の農民ら、七十名を超えるに至った。

その中に、二人の特別な塾生がいた。

一人は、宇津木矩之允《うつきのりのじょう》なる人物であった。

宇津木は、彦根藩家老の家柄に生まれ、若くして長崎へ遊学するなどの俊才であった。

大塩は、早くからこの俊才に目をつけ、若年ながら塾頭に抜擢し、自分の後を託す人物として将来を嘱望していた。

もう一人は、般若寺村庄屋で、豪農の橋本忠兵衛であった。

大塩は、学問を通じて忠兵衛と古い付き合いがあり、何かと忠兵衛に相談を持ちかけ、忠兵衛は、大塩に数々の資金援助をしていた。

大塩には、長い間、内妻ひろとの間に子が出来なかった。

名門今川家の流れをくむ大塩家としては、是非とも継嗣《けいし》を残さなければならなかった。

忠兵衛に相談を持ちかけた。

「忠兵衛さん、婿の格之助に嫁を取らせたいのだが……」

「大塩家安泰のために結構なことでございます」

「それでな、忠兵衛さんの娘、みねさんを格之助の嫁にもらいたいのだが……」

「それは……、突然なお話で……」

忠兵衛は困惑した。

みねは、十五歳だった。

忠兵衛は、大塩に何度も懇請され、承諾せざるを得なかった。みねにとって、親同士が決めたこの縁組が、自分の運命を大きく変えることを知る由もなかった。

やがて、みねが男の子を産んだ。

継嗣が出来た大塩家にとっては、めでたいことであった。だが、塾生の中には、その子は格之助の子でなく、大塩の子である、と噂する者がいた。

子は、弓太郎と名付けられた。

大塩家に弓太郎が生まれた後、格之助に大塩の叔父の娘、いく（八歳）が養女に迎え入れられた。理由は定かでなかった。

八　東町奉行、跡部山城守

天保七年（一八三六）四月、大坂東町奉行の交代があった。大久保忠美《ただよし》の後任として、跡部《あとべ》山城守良弼《よしすけ》が赴任してきた。跡部は、肥前唐津藩主水野忠光の六男で、旗本跡部家に養子に入り、その後、駿河奉行、堺町奉行などを経て、三十代の若さで大坂東町奉行に栄進した。

このとんとん拍子の栄進の陰には、大きな力を持った存在があった。実兄の水野忠邦であった。忠邦は、唐津城主から大坂城代、京都所司代など栄進を重ね、文政十一年（一八二八）に老中となっていた。

跡部は、この老中である兄の権威を嵩にし、何かと傲慢な男で、人の意見に耳を傾けることがなかった。その上、人一倍に出世欲が強かった。

新任奉行として、先任の西町奉行矢部定謙《やべさだのり》に敬意を表するため、挨拶に出向いた。

「矢部様、若輩者ですがお引き回しをお願いします。大坂の奉行としての心得などをお教え願えれば有難く存じます」

跡部は、低姿勢だった。

「いやいや、跡部殿に教えることなど何もござらんが、一つだけ申し上げるとするなら、今は隠居しているが、東町の与力をしていた大塩平八郎という男のことでござる」

大塩のことを持ち出した。

「なかなかの器で、奉行所時代も数々の難事件を解決したのでござる。それに陽明学者としての学識も持ってござる。貴殿も意見を求められたらよろしかろうと存ずる。大塩からも意見具申があるかと思うが、聞くべきところは聞いてやると、役に立つ男でござる」

そして、最後にこう付け加えた。

「老婆心として伝えておきますが、あの男は荒馬のように気性の激しい男でござる。権力で押さえつけたり、意見を無視したりすると危ない男でござる。荒馬を上手に乗りこなすようにされると、よろしかろうと存ずる」

「心得ました。ご忠告、有難く存じます」

跡部は、殊勝な言葉を残して役宅を退出した。

道中、跡部は不機嫌であった。

――隠居ごとき者に、何故教えを乞わなければならんのか。儂を誰だと思っている。老中水野の弟だぞ。

直ぐに、傲慢さが出た。

その後まもなく、矢部駿河守は勘定奉行に栄進となり、江戸へ発った。

大坂の町奉行は、西町奉行が空席で、東町奉行の跡部だけとなった。大坂の民政、飢饉対策は、全てこの男一人の手に委ねられることになった。

――大変な時に、大坂に来てしまった。

傲慢な態度とは裏腹に、小心者の跡部は臆していた。

天保七年（一八三六）、この年は全くの天候不順で、米の収穫は、平年の二、三分作の皆無大凶作となった。これによって全国の各藩で大規模な飢饉が発生し、どの藩も十分な救済策が取れず、日毎に飢えが深刻化していった。

年貢を搾り取られ、生きていくのも困難となった農民の怒りが遂に爆発し、各地で騒動や一揆が頻発するようになった。

八月、幕府直轄領である甲斐国において、凶作に伴う年貢の減免を求める農民や、米価の高騰に苦しむ町民らによる騒動が発生した。最初は、小さな打ち壊し程度であったが、次第に暴徒化し、豪商、米屋、酒屋などを次々と襲った。

騒動は、甲斐一国に広がる規模となり、遂に暴徒化した一団が甲府城下に乱入した。治安を守る甲府勤番は、勤番士二百人、与力二十人、同心五十人の勢力では鎮圧できず近隣諸藩に出兵を求め、ようやく鎮圧することができた。

九月には、三河国の賀茂、額田地方において、年貢の減免などを求める農民一揆が発生した。一揆は、野火が広がるように瞬く間に拡大し、幕府直轄領、五つの藩領、十九の旗本領と広大な地域に及んだ。どの領主も鎮圧できず、岡崎藩、吉田藩などから兵が出動し、鉄砲隊の一斉射撃で鎮圧した。

天保七年、この年だけでも全国で大小百二十件余の騒動、一揆が起こり、世上は荒れ、不穏な空気が漂っていた。

幕閣は、頻発する騒動、一揆に驚愕したが、地方への本格的な救済対策に乗り出すことはなかった。何よりも江戸の飢饉対策を優先した。

将軍家のお膝元である江戸で飢えを発生させては、将軍家の権威を損ね、また、天明飢饉のように、江戸での大規模な打ち壊しや米騒動が起こるのを恐れた。

更に、翌八年に十一代将軍家斉《いえなり》が子の家慶《いえよし》に将軍職を譲る将軍宣下の儀式を控え、江戸で騒動が起こることを最も警戒した。

幕閣は、江戸での米不足が生じないよう、全国の藩、幕府天領に対し、江戸への米回漕を強く命じた。

東町奉行の跡部は、幕命に従うのが忠義とばかり、大坂の民が飢えているのにも関わらず、船で大坂湊に集まってくる米を江戸へ送り続けた。

跡部には、大坂の民のことより、実兄の老中水野忠邦の立場を支えることを優先した。それと、幕閣から良い評価を得たかった。

跡部配下の役人も、勇気を持って意見具申する者などなく、皆、自分の立場を守ることに汲々としていた。

大坂城代土井利位《どいとしつら》も、老中就任が眼中にあり、幕閣に異を唱えることはしなかった。

大坂の民の困窮は、日を追うごとに深刻になり、そこに近隣諸国から飢えた民がどっと流れ込んで来た。

市中は、物乞いする者で溢れ、親から捨てられた子供が泣きながら彷徨《さまよ》っていた。悲観のあまり、大坂城の堀に身を投げる者も続出した。

数少ない施粥小屋の前には長い列が連なった。飢えた民は、運よくその日の粥にありつければ、命がつながり、そうでなければ明日の命はなかった。

路上の所々に行き倒れになった者の遺体が転がり、葬られることなく放置されていた。

大塩は、毎日、そんな惨状を目にすると、胸が痛んだ。

「父上、奉行殿は、相変わらず大量の米を江戸へ回漕しています」

格之助も、奉行のやり方に不満を持っていた。

「このような状態が続けば、大坂においても餓死者が続出し、甲斐や三河のように騒動や一揆が起こるかもしれぬ。奉行殿には早急に対策を執ってもらわねばならぬ」

大塩は、奉行の跡部山城守に早急な救済策を求める具申書を書いた。

その中で、何よりも江戸への米回漕の中止を強く求めた。

「格之助、大塩からのたっての願いだと言って、奉行殿に渡してくれぬか」

格之助に託した。


格之助が奉行の前にまかり出た。

「隠居殿は息災かな、相変わらず学問にお励みかな」

跡部は、大塩の与力時代の名声を聞き及んでおり、最初は低姿勢だった。

「ほほう、儂にこれを読めとな……」

胡散臭そうに、具申書に目を通し始めた。

「何、儂が何も策を講じず、民を放置していると言うのか」

半分も読まぬうちに顔色が変わった。

「儂は、堂島の米相場が上がらぬよう手を打ち、米屋にも蔵米を安値で売るよう命じ、救済小屋を設けて民に施粥も行っている。奉行として為すべきことは全てやっている」

書を持つ手がわなわなと震えていた。

「江戸へ米を送るなと……、隠居の身で出過ぎたことを申すな」

跡部の怒りが、格之助にびしびしと当たった。

「隠居ごとき者に教えてもらうことなど何もない。身の程を知れと、親父にそう伝えておけ」

具申書を破り、格之助に投げつけた。


「父上、奉行殿は全く聞く耳を持ちません」

奉行所から戻った格之助が、憤慨して返事を伝えた。

「そうか、具申書を破りおったか……、度量の狭い男だ」

「父上、あの奉行殿には、もう飢饉対策は期待できませんね」

「そうだ。大名家に生まれ、何の苦労も知らずに育ったあの男には、民の苦しみなど分かるはずがない。困った民を救うのが奉行の役目なのに、それが果たせぬなら何のための奉行か」

大塩が怒り心頭に発した。

「あの男は、ヒラメのように目が上に付いている、幕閣の機嫌をとって、兄のように老中にでもなりたいのであろう。もはやあの男に大坂を任せられぬ」

大塩が思い詰めたように言った。

九　噴出する怒り

洗心洞での大塩の講義は、陽明学を説くだけでなかった。世事についても話した。

この日は、「世に暗君と名君がいる」と、前置きして話し始めた。

「五代将軍徳川綱吉は、貞享四年（一六八七）に、『生類憐みの令』を出し、動物の保護を命じた。幕府は野犬の保護に力を入れ、江戸中野町に大規模な犬の収容舎を設け、八万匹とも言われる野犬を収容し、一匹の犬に、一日三合の米、鰯などの食物を与えた。世の人は、人間より犬を大事にする『犬公方様』だと怒った」

「六十余州の藩も、哀れみの令に反することがないよう領民に厳しく励行を命じた。このため、民は飢饉においても、動物を食べることを禁忌する気持ちを持ち続け、それで餓死する者が絶えなかった」

「元禄飢饉の時、東北のある農村で親子四人の貧しい家族がいた。凶作で食べるものもなく、木の葉、草の根を食べていたが、十月にともなると山野に雪が積もってそれも出来なくなり、六日間も水だけ飲む状態であった。家で飼っている鶏、牛、馬などを食べてしのごうとしたが、御公儀から生類憐みの御触が出ているため、それも出来なかった。

男は困り果て、女房に言った。この難儀を切り抜けるには二人の子を川に捨て、自分たちは町に出て奉公するか、お助け小屋に入るしかない。豊年になったら村に立ち帰って家を再興し、捨てた子の霊を弔い、また子をもうければよいではないかと。女房を説得して、子を一人ずつ抱えて川の深い淵へ沈めた。しかし、耐えがたき行為に女房は引き返し、自分も川に身を投げてしまった。これを見ていた男も川に飛び込み死んでしまったという。何と哀れなことか」

「また、ある村では、飢えた野犬が子供を襲おうとしたため、男が棒で打ったところ、犬を虐待した科で遠島処分になってしまった、何と馬鹿げたことか」

大塩の怒りが続いた。

「犬公方様もいたが、名君もおられた。八代将軍吉宗公だ。公は享保飢饉において、飢饉となった西日本の諸藩に、全国から大量の米を集めて送られるなど、積極的な救済策を講じ、飢えた民を救われた。更に、公は飢饉への備えとして、蘭学者、青木昆陽の献策を入れ、救荒作物としてサツマイモの栽培などを奨励された」

話は続いた。

「白河藩主から、後に老中首座になられた松平定信公も名君だ。公が藩主であられた頃に発生した天明飢饉においては、江戸への回米中止、農民の年貢減免、藩士の減禄、諸事に亘る質素倹約などの策を執られ、藩内から一人の餓死者も出さなかったという」

「また、公は、『白川政語』という著書で、士農工商の四民の中で国の本を支える農民がいつの世も一番虐げられている、凶作になれば食べるものに困り餓死する、そんな時、君たる者は哀れな農民を救わなければならぬ、と説かれた」

暗君と名君の違いを明らかにした。

御政道のあり方についても話が及んだ。

「古来、中国の皇帝は、天の命を受けて政道を任されているとされており、皇帝が民のための政道を行わぬ時は天罰を受けるとされた。また、昔の聖人は、小人が国を治めると災害が起こる、と示しおかれた」

「そもそも御政道は、民のためにあるのでなければならない。御政道を預かる者が、民のための政道を行わぬと、民の怨気が天に達するのだ」

「近年、大地震、火山噴火、洪水や五穀が実らない飢饉が発生しているのは、これは全て天が『正しい政道を行え』との深い戒めを与えてくださっているのだ。それなのに、二百年余も天下泰平が続くと、上に立つ者は全く気づこうともしない」

幕閣を非難した。

「民政を預かる大坂の奉行もそうだ。民が食べる米もなく困窮しているのに、幕命だからと言って、大坂の大切な米を江戸へせっせと送っている。今の奉行は、奉行本来の役目が分かっていない、全くの無能、無策の奉行だ」

名こそ出さなかったが、跡部を指弾した。

「奉行所の役人もそうだ、『他所積出制限令』の定があるからと言って、郊外から飢えた民が僅かな飯米を買い求め来るのを捕え、入牢させている、本末転倒も極まりない」

役人も槍玉に挙げた。

大坂の金持ちや米商人にも話が及んだ。

「船場には、天王寺屋、鴻池《こうのいけ》屋、平野屋、三井呉服店、岩城升《いわきます》屋などの大富豪がひしめいている。この富豪らは、民が難渋しているのに、絹の着物を着て妾宅に入り浸り、揚げ茶屋に大名家の家来を誘っては、高価な料理や酒でもてなし、商売でうまい汁を吸おうとしている。また、自身も河原者や芸妓とともに遊楽に耽っている」

「民が困窮しているならば、蔵に蓄えている米の半分でも放出するなり、義捐金を出して救うべきなのに頬被りしている。御大尽としての徳が全くない」

「平野町に店を連ねている米屋もそうだ。飢饉に乗じて米を買い占め、米を動かし、儲けようとする悪徳な者がいる。僅かな米を買い求めてくる者に、売る米が無いと店を閉ざしているが、蔵には唸るほどの米がある。売り惜しみをしているのだ。飢饉に乗じて金儲けをする阿漕な奴らだ」

　辛辣だった。

「腐った役人がこれに輪をかけている、本来、米の売り惜しみを取り締まるのが役目なのに、賄賂を貰っているから動こうともしない」

日頃の鬱憤からか、大塩の怒りは治まることがなかった。

　塾生たちは、あまりの激しさに圧倒され続けた。

「民のための御政道を為さぬ者、民を守らぬ役人、飢饉においても金儲けしようとする強欲な商人らは、天に代わって罰を与えねばならぬ」

締めくくるように言い放った。

洗心洞の書斎で、大塩父子が話し込んでいた。

「父上、飢饉が起こるのは、凶作だけが理由ではないですね」

「そうだ。飢饉が発生するのは、凶作だけではない。無能、無策な奉行や役人が被害を大きくしているのだ。それと儲けることしか考えぬ強欲な商人だ。飢饉は天災ではあるが、その被害を大きくするのも、小さくするのも、人の為せることだ」

「父上、汗水たらして米を作っている農民が飢え、年貢米の上で胡坐をかいている武士や米のお陰で生業が出来る商人たちが贅沢に暮らしている。こんな世の中は間違っていますね」

「そのとおりだ。世の中が間違っている」

二人の悲憤が続いた。

大塩は、一人書斎に残った。

――儂が奉行所の与力であったなら、大坂でこんな惨状を発生させなかったのに……。

奉行所を早く辞めたことを、今更ながら悔いた。

民を救うために、自分に何か出来ることはないか、考えを巡らせた。

――そうだ、儂には若い頃から買い求めたたくさんの書籍がある、あれを全部売り払い、その金で飢えた人たちに、たとえ米の一升でも買えるよう施しをしよう。

――だが、儂がそれを行っても、その時だけの慈善で終わってしまう。それよりも、もっと根本的にやることがあるのではないか。

それが何なのかは、大塩には、まだ思いつかなかった。

十　決起への葛藤

大塩は、何か手掛かりを求めようと、昼から街に出た。

編み笠を被り、町屋街を歩き回った。どの通りも、痩せこけた人、青白い顔をした人で溢れ、店の前には、施しを受けようと飢えた人が群がっていた。

大きな米屋の前に通りかかった時であった。

「旦那様、私どもは、二日前から何も食べていません。せめてこの子だけでも、食べ残しのものを恵んでくださいませ」

幼子を連れた痩せ衰えた夫婦が、しきりに頭を下げていた。

「おじちゃん、おとう、おかあも、何も食べていません。一緒にください」

幼子が、小さな椀を差し出して頼んでいた。

「駄目だ、駄目だ。汚らしい者が店の前に立つな。商売の邪魔になる」

毎日、たらふく食べているのであろう、小太りした主人らしき男が邪険に追い払った。

「お腹が空いたよー」

子供が椀を手にして泣いていた。

施しを受けられなかった夫婦は、それでも諦めきれないのか、しばらく店の前にたたずんでいた。そのうちに泣く子の手を引きずるようにして、去って行った。

「お腹が空いたよー」

大塩は、遠退いていく、その声がいつまでも耳から離れなかった。

一片の情もないこの男をどやしつけてやりたかった。だが、今は隠居の身、口を出すことは出来なかった。

――同じ人間なのに、富める者と貧しき者とで、命にこんなに差があっていいものか、こんなことが罷り通る世の中はおかしい。

ふつふつと怒りが込み上げてきた。

もう陽が西に傾いていていた。

大塩は、あの親子連れが今日の命をどうやってつなぐのか、心配でならなかった。

せめて今夜だけでも屋敷に泊めて、食事を与えてやりたかった。

次の日、大塩は午後の講義を終えた後、縁側で考え込んでいた。

庭の隅にある一本の老木の桜が、この春の自分の役割を終えたとばかりに、風に花びらを散らせていた。

大塩は、昨日の子供の泣き声が、やはり忘れられなかった。

――あんな不条理なことが起こるのは、天下の御政道が歪んでいるからだ。民を思う御政道が為されていないからだ。

――毎年、飢饉が続くのは、天が為政者に戒めを示されているのだ。それなのに為政者は一向に気づこうともしない。

――このままの御政道が続けば、民の苦しみは、ますます増すばかりだ。ならば、為政者に気づかせてやるしかない。自分が力に訴えて気づかせやるしかない。

――儂は、陽明学で「万物一体の仁」、「致良知」、「知行合一」の教えを学び、これを人に説いてきた。今、これを実践しなければ、儂の学問は偽りの学問となる。

――力による世直しをするしかない。それしかない。

武装決起だった。

だが、一旦は決意したものの、迷いが続いた。

――武装決起は、天下を騒がす大罪で磔《はりつけ》、獄門になる。命を懸けなければならぬ。

――中江藤樹先生は、郷里で暮らす年老いた母に孝養を尽くために、命を懸けで脱藩されたではないか。

――いや、武装決起は、儂一人の命ですまぬ、家族や親類縁者まで累が及ぶ。

――そうだが、身をすくめていては、世直しなど出来ぬ。誰かが犠牲を払ってやらねばならぬものだ。

――だが、果たして儂がやるべきことなのか。儂の一存で家族や親類縁者、塾生たちの運命を変えてしまってよいものか。

さまざまな思いが交錯した。

決断が出来なかった。いつまでも縁側に座り続けていた。

午後からの空に、半刻《はんとき》（一時間）ほど前から黒雲が立ち込めていた。急に冷たい風が吹き始めた。辺りが一瞬暗くなり、ピカリと光った稲妻とともに、激しい雷鳴が走った。

ガラ、ガラ、ドシーン

大塩は、体ごと弾かれた。

『民のために我が身を捨てよ、世直しをするのだ』

雷鳴が天の啓示のように聞こえた。

――世のため、人のために、儂がやるしかない。

今度は、本当に腹を決めた。

――事を為し遂げたら、儂は一切の責任を取って、庭の桜のように潔く散ればよいのだ。

死も決意した。

十一　巧妙な作戦

世直しの鉄槌を下すのは、民を救わぬ奉行所、民のことを考えず役得に現を抜かす役人、贅沢三昧をしている大富豪、金儲けに目がくらむ米商人とした。

だが、武装決起は、幕府権威の象徴である大坂城の足下で行う、破天荒なことであった。尋常のやり方では、成功しない。

相手の意表を突く方法で立ち上がり、疾風の如く行動し、城方の兵が鎮圧に出動して来る前に、目的を為し遂げねばならない。そして、これを成功させるには、市中で混乱を起こし、それに乗ずるしかない。

混乱を起こす、それは何か。

――火事だ。

乱暴な方法であるが、火事を思いついた。

火事になれば、火消し人足が駆けつけ、大勢の野次馬も集まる。避難する人、家財道具を運び出す人やらで、一帯は大混乱する。

出動して来た城方の兵をそちらに引き付けさせ、この間に目的を成し遂げる。

人集めの作戦を練った。

一番の難題は、決起に加わる者を如何にして集めるかであった。洗心洞の塾生は、精々六、七十人。これだけでは全く戦力にはならず、少なくとも五、六百人は集めねばならない。

だが、事前に事を打ち明けて募れば、たちどころに発覚してしまう。

二つの方法を考えた。

一つは、自分の蔵書を売って、金に替えられる「施行札《せぎょうふだ》」を作り、後日、指定した場所に、その札を持って来た者に金を渡し、「天満辺りで火事が起きたら、直ちに駆けつけよ」と申し渡す。そして、決起の日に火事を起こし、駆けつけて来た者を決起勢に取り込む。

火事なら遠くからでも発見でき、大勢の者が一斉に駆け付けて来ても、不審に思われることはない。

もう一つは、洗心洞の塾生で、村の庄屋、年寄、百姓代などの村役をしている者をして、決起前日に金を配らせ、それと村役の支配力をもって村民を動員する。決起の前夜に配れば、奉行所に気づかれる心配はない。

作戦の手順を練った。

最初に洗心洞隊でもって、役得に現を抜かす奉行所与力の家宅に火を掛ける。与力の家宅は、天満町一帯に固まっているため、事がし易い。

この火事に気づいて、施行で金を配った者たちが駆けつけて来たら、順次、勢力に取り込んでいく。その後、勢力を二手に分け、東西の奉行所を急襲し、二人の奉行を人質にして、奉行所の米蔵を開けさせる。

この頃には、郊外から農民隊が大挙して駆け付けて来るので、これと合流し、豪商、米屋が集まる北船場に突入し、米蔵も開けさせる。

放出させた米を窮民に分け与えたら、速やかに決起勢を解散する。

これら一連のことをやり終えたら、自分は切腹する。

決起には、大義名分が必要だった。

自分たちが決起に立ち上がった理由を世に訴え、自分たちがやることは、一揆でもない、天下の転覆を謀る騒乱でもないことを世に示す必要があった。

大塩は、何日も書斎に籠り、決起の大義名分「檄文」を書き上げた。

「四海困窮致し候ば、天禄長く絶たん……」

に始まる、仮名混じりの二千字にも及ぶ長文であった（原文は巻末に付記）。

檄文の大意は、

昔、中国の聖人は、「この世が困窮していては、天から与えられたものは長く絶たれるであろう」、「道徳の欠けた為政者が国を治めたら、災害が相次いで起こるであろう」と、後世の君臣たる者に訓戒として残された。神君家康公も、寡婦や孤児に憐みをかけるのは、仁政の基と仰せられた。

然るに、泰平の世が続く間に、上に立つ者がおごりを極め、大切な政治に携わる役人も賄賂を公然と貰い、道徳、仁義もない者が重い役に就き、我が一家の懐を肥やすのみに頭を使い、領内の民、百姓に過大な御用金を申し付けている。年貢や諸役に苦しんでいる民、百姓の負担は増すばかりである。世界が困窮し、人々は公儀を怨むようになり、その怨嗟は江戸から諸国に及んでいる。

天子様は、足利家執政以来、隠居同様の境遇で、下民は怨恨を訴えようにも相手がいない乱れようで、下民の怨気は天に達し、毎年、地震、火災、山崩れ、洪水などの天災が流行し、とうとう五穀が実らず、飢饉になってしまった。

これは皆、天からの有難い深い誡めであるが、上に立つ者が一向に気付かず、大切な政治を執行している。ただ、金や米を取り立てることに専念している。

この時期、米価が高騰しているのに、大坂奉行や諸役人は、「万物一体の仁」を忘れて勝手な政道をし、江戸へ米を廻して、天子様御在所の京都に廻さず、僅か五升、一斗の米を買い求める者を召し捕っている。

民は、徳川家御支配の者に相違ないのに、分け隔てするのは、奉行の仁のなさである。その上、勝手次第な触書を出し、大坂の金持ちだけを大切にするのは、道徳、仁義をわきまえない、不届きの至りである。


大坂の金持ちは、諸大名への貸し付け利得や扶持米の支給で莫大な利益を得て、未曽有の裕福な暮らしをし、また、町人の身で、大名家の家老、用人に取り立てられたり、自分の田畑をおびただしく所持し、何不自由のない暮らしをしている。

この時節の天災、天罰を見ても畏れもせず、餓死した貧人、乞食を救おうともせず、自分は豪華なものを食い、妾宅に入り込み、或いは遊里の揚屋、茶屋に大名家の家来を招き、高価な酒を湯水の如く飲み、民が難渋しているこの時節に、絹の服をまとい、河原者、妓女と遊楽に耽っているのはどうしたことか。

奉行、役人は、右の者を取り締まり、下民を救済することもせず、毎日、堂島の米相場ばかりをいじり回し、実に俸禄盗人であり、天道、聖人の御心に叶い難い。

我らは隠居の身であるが、もはや堪忍なり難く、天下のために、家族、親族に禍が及ぶが、諸役人を先ず誅伐し、引き続き驕り長ける大坂市中の金持ち、町人を誅伐する。そして、これらの者が屋敷に貯えている金や、蔵に隠匿している米を、困っている者に分配してやる。摂津、河内、和泉、播磨の者で田畑を持っていない者、たとえ持っていた者でも、父母、妻子、家内を養い難い者には、右の金や米を取らせてやる。

大坂市中で騒動が起こったと伝え聞いたら、遠近を問わず、一刻も早く大坂へ馳せ参じた者には、金や米を分けてやる。今の飢饉による難儀を救済してやるものだ。

馳せ参じた者の中に、器量、才能のある者は取り立て、無道の者を征伐するので、軍役に働いてほしい。これは一揆、蜂起の企てとは違うものである。

追々、年貢や諸役を軽くし、神君家康公の御政道「寛仁大度《かんじんたいど》」の扱いを致し、驕奢《きょうしゃ》淫逸《いんいつ》の風俗を改めて質素に立ち戻り、この世の全ての民がいつまでも天恩を有難く思い、父母妻子を養う前の地獄を救い、死後の極楽浄土を、目の前に見せてやるものだ。天照大御神の時代に戻すことは難しいとしても、中興の状態に戻したいのである。

この書付を全ての村に知らせたいが、数が多いため、近くの人家の多い村の神殿に貼り付けてほしい。大坂からの番人に知られぬようにして、早々に村に触れ回ってほしい。もし、番人に知れ、注進されそうになったら、番人を打ち殺してほしい。大坂市中で騒動が起こっても、これを疑って馳せ参じなかったり、遅れて来た者には、金持ちどもの米や金は、火中の灰となり、宝物を取り損ねて。後で我らを宝を捨てさせた無道者と、陰口しないようにしてほしい。そのために、皆に知らせているのである。

なお、これまで、地頭や村方にある年貢に関わる記録、帳面の類は、引き破り、焼き捨てるようにしてほしい。これは深い意味があってのことである。

この度の挙兵は、平将門、明智光秀や、中国の朱全忠の謀反に類していると言う者がいるのも道理であるが、我らは、天下国家を盗み取ろうとしたものでは全くない。日月星辰の神鑑に照らし、詰まるところは、中国の湯王、武王、高祖、太祖が民を憐み暴君を誅伐せんとしたのと同様に、天罰を執行する誠の心によるものである。

若し、疑うならば、我らの所業の終わるところを眼を見開いて見よ。

この書付を読めない者には、寺、道場の坊主や医者が、しっかりと読み聞かせよ。若し、庄屋、年寄が禍を恐れて、この書付を隠しておれば、罰が当たるであろう。天命を奉じて、天討を致すものである。

天保八酉年　　月　　日

某

摂津、河内、和泉、播磨の村々の

庄屋、年寄、小前百姓へ

檄文の一字一句に大塩の心血が注がれ、義憤がほとばしっていた。そして、これは、公然と御政道の歪みを天下に訴え、糾弾する極めて危険なものであった。自分の名で出すわけにはいかぬので、「某」とした。

金と引き換える「施行札」は、次のようにした。

近年打続米穀高値に付、困窮の人多く有之由にて、当時御隠退の大塩平八郎御一分を以御所持の書籍類不残御売払被成、其代金を以困窮の家一軒に付金一朱づつ無度都合家数一万軒へ御施行有之候間、此書付御持参にて左の名前の所へ早々御申請に御越可被成候

河内屋木兵衛
同　新次郎
同　記一兵衛
同　茂兵衛

酉二月七日安堂寺町、御堂筋南へ入る東側
本会所へ七ツ時迄ニ御越可被成候

自分の名で出す訳にはいかないので、洗心洞出入りの本屋、河内屋木兵衛とその一統の名を借りることにした。

大方の準備が整った十一月のある日、格之助を奥の間に呼び入れた。

「他でもない、儂が命を懸けてやりたいことがある。これを読んでくれぬか」

懐から一枚の紙を取り出した。

格之助が怪訝な顔をしながら読み始めた。読み進めるうちに、次第に顔が紅潮し、最後に上ずった声で言った。

「父上、こ、これは…………」

格之助は、養父が武装決起をするという、途轍もないことに、しばらく言葉が出なかった。

「そうだ、儂は窮民のために立ち上がる」

「父上、それにしても……」

格之助は、どう返答すべきか分からなかった。

――自分は、今、世の治安を守る奉行所与力の職にあり、本来なら未然に騒乱を防がねばならない。だが、養父を捕えるわけにはいかない。

格之助は、奉行所の職務に忠実になろうとすれば、養父の意思に逆らうことになり、養父の意思に従えば、奉行所の職務に背くこととなる。

〝忠ならんと欲すれば孝ならず。孝ならんと欲すれば忠ならず〟、平重盛が父清盛と後白河法皇との対立の狭間において苦悩した心境だった。

判断がつきかね、沈黙を通した。

格之助の苦しい胸の内を見兼ねたのか、大塩の方から口を開いた。

「そちの立場もあろうと思うが、儂は毎日、たくさんの餓死する者を見捨てておけないのだ。これらの者を助けてやりたいのだ」

大塩の一念だった。

「それにこれは儂一人では出来ぬこと、儂の家に養子に来たのが因果だと思って、手を貸してくれぬか」

大塩が深く頭を下げた。

「父上、おやめください」

格之助にとって、大塩は養父であり、学問の師であり、大塩家に養子に迎え入れてくれた恩人でもあった。

そして、養父の性格から一旦決めたことは絶対に翻すことはなく、養父に味方しなければ、養父を見殺しにすることになった。

それ以上に、こんな重大なことを打ち明けられたからには、もう断ることは出来なかった。もし、断るとすれば、大塩家と離縁するくらいでは済まず、死しかなかった。

格之助にも、今の御政道や奉行所に対する強い不満があった。

それと毎日、奉行所で針の筵に座らされている、積もり積もった鬱憤があった。

——民のため、養父のため、命を捧げよう。

覚悟を決めた。

「父上、何なりとお指図ください」

十二　強硬な反対者

大塩は、自分の腹心でもある塾頭の宇津木にも話さねばならなかった。正義感の強い宇津木なら、きっと諸手を挙げて賛成してくれると思った。

「今日は、そちに是非とも話したいことがある」

大塩が珍しく自ら茶を点て、宇津木の前に碗を置いた。

宇津木が飲み終えると、大塩は懐から折り畳んだ分厚い紙を取り出した。

「これを読んでくれぬか」

宇津木が押しいただくようにして目を通し始めた。

読み終えると、宇津木は一言も発しなかった。

檄文を握りしめたままであった。

ようやく口を開いた。

「先生、天罰執行とは、これは如何なることですか」

いきなり核心を突いた。

「決起だ。武装決起をするのだ」

決意を明かした。

「先生、そんなことを本気でお考えになっているのですか」

「そうだ。本気だ。熟慮を重ねた末のことだ」

「先生、その前に江戸の老中宛に建議書で訴える方法を取られるべきです」

「宇津木、恐れながらと幕閣に物申す方法で、幕閣が動くと思うか。御三家、御三卿ならいざ知らず、地方の隠居ごとき者の建議で、幕閣が政道を正すと思うのか。幕閣を動かすには、肝っ玉を震え上がらせるようなやり方しかない。それが武装決起だ」

「それにしても、この徳川の絶対体制の世に武装決起とは……」

宇津木があきれ返った。

「宇津木、非常事態においては、非常な手段を取るしか道はないのだ」

「先生、お怒りは分かりますが、怒りのままに動くのは良くありません、それにあまりにも危険で、無謀です」

「宇津木、あの赤穂浪士の討ち入りをみよ。赤穂の浪士は、吉良上野介の首をとって主君浅野内匠頭の無念を晴らし、幕閣を震撼させた。そして公儀の処分の不公平さを世に知らしめたではないか」

「先生、赤穂浪士の討ち入りは、徒党を組んだ乱暴狼藉です、あれを正当化されるのなら世の秩序は成り立ちません」

二人の議論は、次第に声が大きくなり、険しい雰囲気になっていった。

「宇津木、我らは闇雲に乱暴狼藉を働くのではない。統制ある行動をもって世直しをするのだ」

「ならば、武装決起して如何なることをされるのですか」

「東西奉行所と不正を働く与力の屋敷に火を掛け、懲らしめる。そして船場の富豪らと米屋を襲撃して米蔵を開けさせ、窮民に分け与える」

「火を掛けるとは……、それはあまりにも乱暴すぎます」

「宇津木、これまでの飢饉において、無能、無策な為政者や金儲けに目が眩む米商人などによって、何万、何十万の人が餓死していった。その悲惨な事態が、今起っているのだ。儂は、民のことを些かも考えぬ奉行や役人、金儲けに目が眩む商人どもを懲らしめ、反省させてやるのだ」

「先生、役人や金儲け商人を懲らしめるとはいえ、火を掛けたり、財を奪ったりすることは許されません。あの天明の大飢饉のとき、江戸で大規模な打ち壊しが起りましたが、火を掛けたり、財を奪ったりすることを仲間同士で禁じ、これを犯した者は打ち殺すという厳しい掟を設け、江戸では一件の火災も、強盗も発生しませんでした」

宇津木が師に説いた。

二人の激しいやりとりが聞こえたのか、格之助が部屋に顔を出した。

「父上、私も同席してよろしいでしょうか」

「心配せぬともよい」

「ですが……」

心配する格之助を戻らせた。

大塩は一息つくと、更に宇津木に畳み掛けた。

「我らが行おうとすることは、一揆や騒動の類とは違う。闇雲に放火したり、財を奪ったり、強盗まがいのことをするのではない。統制ある行動で、奉行所や金持ちを懲らしめ、金持ちや米屋から得た財や米を窮民に分け与えるのだ」

「先生、徳川の体制が盤石な今、決起を起こしてもたちまち鎮圧されてしまいます。決起に加わった者は、天下を騒がす大罪人として、磔、獄門の極刑に処せられます。家族にまで罪が及びます。先生は、それを承知でおやりになるのですか」

宇津木が、大塩の一番痛いところを突いた。

大塩も、一瞬、弓太郎のことが頭をよぎった。

「先生、命は粗末にするものではありません」

「宇津木、時には、世のため、人のために、命も犠牲にせねばならぬのだ」

「ですか、これは先生お一人の命で済むことではありません。大勢の命が懸かっているのです」

宇津木の舌鋒は鋭かった。

「先生、決起や騒乱などを企てると、必ず密訴者が出ます。先生もご存知でしょうが、由《ゆ》比正雪《いしょうせつ》と丸橋忠弥《まるはしちゅうや》が浪人救済を目的に起こした慶安の変です。一味の密告により発覚して企ては失敗し、正雪は自害、丸橋は捕えられて、江戸鈴ヶ森の刑場で磔の刑に処せられました」

「宇津木、民のことを考えない御政道が続いていても、自分の身が危ないからといって、すくんでいたら悪政はいつまでも続く。誰かが正さねばならぬのだ。勝目がないからといってすくんでいたら、悪政はいつまでも続くぞ」

「徳川の絶対性が確立している今、決起を起こすなど無謀極まります、先生は井の中の蛙です。大海が見えていません」

「儂が井の中の蛙だと……」

大塩の顔が朱に染まった。

「宇津木、お前は若いのに臆病だ」

「先生、私は臆病ではありません。初めから負けるような戦や、展望のないことはやるべきでないと言っているのです」

「宇津木、儂は、この戦を敗けると思ってやるのではない」

「先生、それは強弁です」

「宇津木、百歩譲ったとしても、時としては負け戦でもやらねばならぬこともある」

「先生、仮に奉行らを打ち倒して決起が成功したら、その後はどうされるおつもりですか。赤穂浪士のように奉行の首を槍先にぶら下げて、意気揚々と洗心洞に引き揚げるのですか。幕府は、そんなこと絶対に許しませんよ。今度は、幕府軍を相手に戦をされるのですか」

「たわけたことを言うな」

理想を求める大塩と、理性を貫く宇津木が激しくぶっかりあった。

「先生には、決起した後の展望がありません」

宇津木は、最後まで師に対して遠慮がなかった。

「宇津木、お前はあくまでも決起に反対のようだが、しからば問う。今の御政道を正すのに、他にどんな方法があるのか」

大塩が気色ばんだ。

「先生、あります。幕閣に思い知らせるなら、我ら洗心洞の同志一同が御政道の誤りを訴え、大坂城の門前で切腹したらどうでしょうか」

宇津木の思わぬ逆襲に、大塩がたじろいだ。

「宇津木、我らが切腹したとしても、幕閣は痛くも痒くもないわ」

大塩は、自分の考えを決して譲ることはなかった。

「先生、奉行所や与力屋敷に掛けた火が大火となり、市中に燃え広がるようになったら、無辜の民を更に苦しめることになります。民を犠牲にするようなやり方は、絶対に許されません。それに、何度も申し上げますが、もし決起が失敗したら、同志はもとより、家族や親族までも極刑を免れません」

宇津木も決して譲ることはなかった。

狭い部屋を揺るがすような、二人の激しい論戦がいつまでも続いた。

もし、二人が刀を帯びていたら、互いに抜いていたかもしれぬ剣幕だった。

「宇津木、もうよい」

大塩がそう言い捨て、席を蹴った。

――宇津木なら分かってくれると思ったのに……。

大塩は、強い挫折感を味わっていた。


宇津木は、部屋に残ったままでいた。

――私は塾頭として、率先して先生をお助けせねばならない立場だが、今回のことだけは、やはり先生のためにも、塾生のためにも絶対に思い止まっていただかねばならぬ。

師への失望と、師に盾突いた後味の悪さが交錯していた。

師の点てた濃茶の苦さが、いつまでも口の中に残ったままであった。


宇津木は、やはり納得がいかなかった。

次の日、大塩が外に出掛けたのを見計らい、格之助に声を掛けた。

「格之助さん、先生が考えておられることについて、是非とも二人で話をしたいと思います」

「宇津木さん、世直しの件なら、父上は断行されます」

「だから困るのです。これは塾生七十名の命が懸っています。先生のお考えだけで七十名の命を粗末にするわけにはいきません」

「粗末にするとは、失礼でしょう。父上は考えに考えた末に決められたのです」

「けれど、これは最初から結果が分かっているものです。短慮で、無謀な企てです」

「宇津木さん、悪政が続いても、我らはひたすら我慢せよということですか」

「いえ、幕閣も無能者ばかりでありません。いずれ吉宗公や松平定信公のような賢君が出で、世直しをされます」

「その間に多数の餓死者が出てもいいのですか。そんな他力本願では何事も変えられませんよ。もし、父上の正義の行動が失敗したとしても、世直しのために大きな一石を投ずることになりませんか」

二人の議論も嚙み合うことがなかった。

「格之助さん、今なら先生のお考えを止められます。止めることが出来るのは、格之助さん、あなたしかいません」

宇津木が畳に手を着いた。

格之助は、外から帰って来た養父に、宇津木の諫言を言うことはなかった。

十三　秘かな準備

大塩は、決起の準備に入った。

先ずは、檄文を刷るための版木を彫らねばならなかった。

誰に彫らせるか。もし、彫師が一言でも漏らしたら、事はたちどころに発覚してしまう。

信頼できる彫師でなければならない。

大塩は、いつも自分の本の版木を彫らせている市田治郎兵衛なら、信用できると思った。

治郎兵衛は、一刻者であるが、口の固い男であった。

大塩は、治郎兵衛を秘かに屋敷に呼び寄せた。

「先生、今度はどんな御本でしょうか」

「本ではないのだ、儂からのたっての仕事だが引き受けてくれぬか」

先ず、治郎兵衛の反応を確かめた。

「先生からのたっての仕事なら、何でもやってみせます」

「それは有難い。金は、そちが望む額を払う」

「先生、私は金につられての仕事はしません」

一刻者同士、気持ちは通じていた。


大塩は、治郎兵衛を信用していたが、それでも秘密が漏れないように細工をした。仮名交じりの二千字に及ぶ檄文を、一枚の蒲鉾板(版木)に四字から七字、毎行数字を並べたものを横に連ねて彫らせ、彫り終わったものを、植字版に綴り合わせ、最後に本文どおりにつなぐものであった。

更に用心のため、治郎兵衛の仕事は、洗心洞の一室に籠らせてやらせた。

治郎兵衛は、夜遅くまで黙々と仕事をこなし、三百五十枚ほどの版木を彫り上げた。

「先生、今度の仕事は、えらい蒲鉾板が多い仕事でしたね」

治郎兵衛は、長年の職人の勘で、大よその内容が分かっていたかも知れぬが、それ以上のことは、何も口にしなかった。

版木の刷りは、塾生のうちで信頼が出来る吉見英太郎、河合八十次郎らを選び、夜間、人が出入りしないよう部屋に鍵をかけ、大塩の監視下でやらせた。

刷り損ねたものは、一枚たりとも放置せず、火桶で燃やさせた。

こうして、秘かに一千枚ほどの檄文を刷り上げた。

大塩は、出来上がった檄文を、薄黄色の絹の袋に詰め、頑丈な箱に鍵を掛け、自分の書斎に保管した。


施行札の版木も、治郎兵衛に彫らせることにした。

治郎兵衛は、二日で版木を彫り終えた。

「先生、お金を配られるのですか。ご奇特なことですね」

感心したように言った。

大塩は、施行札の刷りは、施行札に名前を借りた河内屋木兵衛とその一統の者に頼むことにした。

木兵衛ら四人を、洗心洞の奥の部屋に招き入れた。

「昨今の民の窮状は見るに耐えない。そこで儂は自分の本を全部売って、施行したいと思う。ついては、世話人にそちらの名を使わせて貰った」

そう言って、施行札の原稿を見せた。

四人が回し読みした。

「先生、貴重な御本を売って施しされるとは……、思い切ったことをされますね」

「御本を全部売られたら、今後の研究に差し支えるのではないですか」

四人が驚きや心配を口にした。

「いや、別に構うことはない」

命を捨てる覚悟をした大塩にとって、この世に惜しむものは、もう何もなかった。

「本代はそちらの見積もり額でよいから、その代わりこの版木を刷り、施行札を配る手伝いをしてくれぬか」

大塩からの条件だった。

「先生、これは、飢えた民を救うおうともしない奉行所や役人どもの横面をひっぱたくようなものですね」

四人が大層感心した。

だが、これが武装決起の重大な布石であることは知らなかった。

数日後、河内屋一統が洗心洞の書庫、廊下、物置などにうず高く積まれた蔵書を、大八車で何回か往復して、買い取っていった。

その数は、千二百四十冊、代金は六百六十八両三朱であった。一人に一朱配るとするなら、一万人以上に配れる額であった。

数週間後、河内屋一統が、刷り上げた一万枚の施行札と版木を大塩屋敷に持参した。

大塩は、このうちの九千枚の施行札と五百六十一両の金を木兵衛らに渡した。

「先生、これは二月七日に配ればよろしいのですね」

「そのとおりだ。このことは改めて指示する」

「先生、こんな大金をお預かりすると、夜も眠れません」

河内屋一統は、知らないままに大塩の決起に組み入れられていた。

大塩は、残りの一千枚は、塾生により決起の前日に配らせることにした。


暮の大掃除が終わった後、大塩は塾生を講堂に集めた。

養子の格之助、与力の瀬田済之助、小泉淵次郎、大西与五郎、同心の渡辺良左衛門、庄司儀左衛門、近藤梶五郎、吉見九郎右衛門、河合郷左衛門、竹上万太郎、浪人の大井正一郎、この他に吹田村の神主宮脇志摩、般若寺村の庄屋橋本忠兵衛、年寄の源兵衛、百姓代の儀七、守口村の白井孝右衛門、尊延寺村の才次郎、弓削村の利三郎、衣摺《きずり》村の市太郎、近江小川村の医師志村周次ら二十九人だった。

顔が映るくらい黒く磨き抜かれた板の間の講堂は、凍てつく冷気に包まれていた。

威儀を正して師を待つ一同は、いやが上にも緊張していた。

「致良知」と大書の額が掛かった正面の一段と高いところに、大塩が座った。

「御一同、折り入って話したいことがある」

軽い咳払いをしてから、おもむろに切り出した。

「他でもない、これから私が身命を懸けてやることをご相談したい」

そう前置きすると、懐から折り畳んだ一枚の紙を取り出した。決起の檄文だった。

大塩は、すくと立つと、ゆっくりと読み始めた。

読み進むうちに、次第に自分が酔うが如く高揚し、声が大きくなっていった。

そして最後に、声高らかに告げた。

「もはや堪忍なり難く、天に代わって奸物を討つ」

「オー」

一斉にどよめきが起こった。

武装決起するとの師の宣言に、一同は仰天した。

師が行おうとすることは、天下を騒がす大罪であり、身を滅ぼし、家を滅ぼし、親族にも累が及ぶ恐ろしいことであった。

互いに顔を見合わせるだけで、口を開く者はなかった。

師と行動を共にすべきか、それともこの危険な企てから身を引くべきか、誰もが心の中で必死に戦っていた。

重い沈黙が、講堂の中の空気を一層冷えきらせた。

「先生、力によって世直しをするのですね」

やっと口を開く者が出た。

「そうだ、これくらい強烈なことをして懲らしめないと、無能な奉行や役人、金儲けしか目がない商人どもは、目を覚まさぬ」

大塩が厳しい口調で返した。

次第に緊張が解けたのか、塾生たちから質問や意見が出てきた。

大塩は、その一つ一つに、熱っぽく論じ返した。

大塩としては、重大なことを口にした以上、もう一歩も後へは引けなかった。ましてや取り止めることなど出来なかった
塾生たちは、師が命懸けで訴えることに、反対を表明することは出来なかった。

出来ることなら、この場から去りたいと思う者もいたが、険しい顔で、仁王立ちしている大塩の前から、席を立つことなど出来なかった。

この場に、反対の急先鋒である宇津木がいなかったこともあり、場の空気は、次第に大

塩の考えを受け入れていった。

一同が解散した後、大塩が志村を見つけ、呼び止めた。

「志村さん、貴方は藤樹書院を守る大切な役目がある、ここを去られたらどうか」

大塩の方から声を掛けた。

「先生、何を仰せられますか。もし藤樹先生が御存命でしたら、志村、私に代わって大塩先生にお力添えせよ、ときっとおっしゃるはずです」

志村は、命を捧げる覚悟を決めていた。


天保八年（一八三七）、正月を迎えた。

大塩は、武器と火薬の調達に入った。

火事を起こすために、大筒で棒火矢《ぼうびや》を撃ち込み、焙烙玉《ほうらくだま》を投げ入れることにした。

棒火矢とは、矢の先に火薬を詰めた筒を取り付けたもので、これを大筒で撃ち出すものである。焙烙玉とは、焙烙の器に火薬を入れ、これに着けた導火線に火を点け、投げ込むものである。棒火矢も焙烙玉も、衝撃時に大量の火の粉を飛び散らせるため、火災を起こし易かった。

泰平の世で、大筒や火薬をどう調達するかが問題であった。それと大筒は少なくとも四門を必要とした。

大塩は、堺の鉄砲鍛冶師から、研究の名目で一門を借り受け、更に塾生の高槻藩士から も同様の口実で一門借り受けることが出来た。

「困ったな、もう借り受ける当てがない」

「先生、私が作ります」

塾生である守口村の白井孝右衛門が、松の幹を掘り抜き、胴体に竹の輪を幾重にも巻いた木製の大筒を二門作った。少しの間なら使えそうだった。

煙硝《えんしょう》火薬の入手が最も困難だった。

正規に火薬商から手に入らぬため、塾生が手分けして何軒かの花火屋を回り、偽りの口実をもって手に入れた。

火薬の調合と棒火矢、焙烙玉の作製は、信頼できる塾生に、夜間、鍵の掛かった物置小屋で作らせた。

武器、火薬の一応の調達がついた。

だが、誰もが小筒、大筒の実射経験などなく、指揮をとる大塩も、格之助も、瀬田済之助も、用兵戦術は机上で学んだだけであった。

真向かいが東町筆頭与力朝岡助ノ丞《あさおかすけのじょう》の屋敷のため、大きな音を出すと察知されるため、実射訓練も部隊訓練も出来なかった。戸を閉め切った講堂の中で、模擬操作と図上演習を繰り返すしかなかった。


二月のある日、大塩は塾生を講堂に集めた。

塾生の決起への決意を、再度確かめるためであった。

「御一同、私と行動を共にすることを血判で示していただきたい」

大塩が血盟の誓いを求めた。

一同は、熊野本宮大社発行の「牛王《ごおう》宝印」の誓紙に名を書き、脇差で小指を切って血判を押した。牛王宝印の誓いを破った者は、血を吐いて死に、地獄に落ちるとされていた。

この場に宇津木もいた。

宇津木は、塾頭として師と行動を共にせざるを得なかった。

「我らは、今日から先生と生死を共にする」

瀬田済之助が決意を述べた。

血判をした塾生は、当初より少し増え、三十七人となった。

「赤穂浪士が四十七士で、我らは三十七士、奉行の首を貰い受けるぞ」

軽口をたたく者がいた。

血判者の中に、同心の平山助次郎、吉見九郎右衛門、河合郷左衛門の名もあった。

大塩は、最後に告げた。

「この度の決起は、窮民のことを考えぬ奉行や役人、悪徳商人を懲らしめるため、奉行所と役人の家宅、商人の店、蔵に火を掛ける。だが、命を奪ったり、乱暴狼藉することはまかりならぬ。このことは、後から決起に加わる者に対しても強く言い聞かせよ」

決起は、飽くまでも世直しのための行動であり、一揆、騒乱でないことを明確にしておきたかった。


「母上様、この頃、お屋敷は慌ただしい雰囲気で、旦那様も格之助様も険しい顔をしておられます。恐ろしい気がしてなりません」

みねが、弓太郎を抱きながら、不安を訴えた。

「みねさん、旦那様は何か重大なことをご決意されたようです。時々、世直しだ、世直しだと、口にされています」

「母上様、私たちはどうなるのでしょうか」

「みねさん、旦那様も格之助様も間違ったことをなさるお方ではありません、今後、どんなことがあっても取り乱してはいけませんよ。私たちは、ともに大塩家と縁を持った身です。最後までお二人に付いていきましょう」

ひろは、腹が据わっていた。

「私も覚悟はしております。ただ弓太郎のことが……」

みねは、それだけが心配だった。


大塩は、二月に入ると決起の時機を探った。

事は、慎重に運ばねばならない。だが、決起の時機が遅れるほど、企てが外に漏れ、離反者が出る恐れがあった。出来るだけ早い時機に、それも何かのきっかけが欲しかった。

そんな折のある日、西奉行所に勤める塾生が駆け込んできた。

「先生、吉報です。天は我らに味方しました」

恰好な情報をもたらした。

二月十九日に、東西両奉行の初入式が行われるというものであった。

初入式とは、新任の奉行に対し、先任の奉行が大坂三郷（北組、南組、天満組）を案内して巡見することで、今回は、新任の西町奉行堀利堅《ほりとしかた》を、先任の東町奉行跡部良弼《あとべよしすけ》が案内するものであった。

そして、巡見を終えた両奉行は、夕七ツ（午後四時）に東町筆頭与力、朝岡助ノ丞の屋敷で休息するというものであった。朝岡の屋敷は、洗心洞前の道路を挟んだ真向かいにあった。大塩は、これぞ正に天祐かと思った。

この時に、朝岡の屋敷を急襲すれば、両奉行を生け捕りにすることが出来る。奉行を人質に出来れば、奉行所の米蔵を開かせ、更に奉行に命令させて、大富豪や米屋の蔵も開けさせることも出来る。それと、二人の奉行を人質にしておれば、出動して来た奉行所勢も、迂闊に手を出せないと思った。

大塩は、決起日を二月十九日、夕七ツと決めた。

大塩は河内屋木兵衛ら一統に、予定どおり二月七日に九千枚の施行札を安堂寺町の本会所で配るよう指示した。その際に、「天満辺りで火事が起こったら、直ちに駆けつけよ」と告げるよう指示した。

「先生、天満で火事があったら駆けつけよとは、どういうことですか」

「天満で、火事が起こるのですか」

「この施行と火事と何か関係があるのですか」

木兵衛らが、疑問を口にした。

大塩は、肝を冷やした。

「詮索などしなくてもよい。別に関係などない」

大塩は、事を明かすわけにはいかなかった。

残り千枚は、塾生によって、摂州、河内、和泉、播磨の村々で配らせることにした。

ただ、この施行札配付による人集めは、決起の際にどれくらいの人数が集まるか、見当がつかなかった。もっと確実な人集めを必要とした。

このため、塾生の中で村の庄屋、百姓代などをしている、般若寺村の忠兵衛、沢上江《かすがえ》村の孝太郎、守口村の孝右衛門、弓削村の利三郎、伊丹植松村の善右衛門らに金を渡して、決起の前夜にそれぞれの村で金を配らせ、決起に参加を呼びかける策を講じた。

大塩は、この者たちが引き連れた農民隊を決起の主力勢力に考えていた。


末吉は、依然として大坂にいた。

奉公先もなかなか見つからず、それでも、時たま、船の荷積みの手伝いなどをして、何とか命をつないでいた。

ある日、空腹を抱えながら市中を彷徨《さまよ》っていると、橋のたもとに、人だかりがしているのを見つけた。

「何か有難いものが貰えるそうだぞ」

人々の喜ぶ声が聞こえてきた。

末吉は、勝手が分からないまま、列の後ろに並んだ。

やっと自分の番が回って来た。貰えたのは、字を書き連ねた札だった。

末吉は、腹の足しにならず、捨てようと思ったが、隣の男に尋ねた。

「この札は何ですか」

「この札は有難いお札だ、これを持って行くと、お金が貰えるのだ」

男が嬉しそうに教えてくれた。

「いつ、何処へ行けばいいのですか」

字が読めぬ末吉は、更に尋ねた。

「二月七日、安堂寺町にある本会所だ」

末吉は、札を懐にしまった。

正直なところ、今の末吉にとっては、二月七日の金よりも、今日の一杯の飯のほうが有難かった。

二月七日、末吉は、安堂寺町への道を尋ねながら、本会所にたどり着くことが出来た。

既に、本会所の前には多くの人が並んでいた。

皆、争うようにして札と引換えに、正方形の小さな「一朱金」を貰っていた。

一朱金なら、少なくとも五、六升の米を買うことが出来た。

「有難い、有難い。米が買える」

「これでしばらく生きられるな」

誰もが押しいただいていた。

「この金は、洗心洞の大塩先生が大切な御本を売られたものだ、御恩を忘れるな」

「後日、天満で火事があったら、急いで駆けつけよ」

「いいか、天満の火事だぞ、忘れるな」

金を配っている者たちが、天満、天満と強調していた。

末吉も、一朱金を貰うことが出来た。

――こんな奇特なことをされる大塩様とは、一体どんな方なのか、それと天満の火事とは、どういうことなのか。

疑問に思ったが、深く考えることはなかった。

末吉は、金を懐にしまうと、食べ物を求めに小走りで市場に向かった。

「お奉行様、洗心洞の大塩が金を配ったようです」

情報は、たちまち東町奉行、跡部の耳に入った。

施粥《せがゆ》をしたり、金を配ったり、大きな施しをする場合、奉行所の許可が必要であった。

「何、大塩が奉行所の許しもなく、米を買う金を配ったと……」

跡部にとって、それは自分の救済対策の不十分さを世に晒されるものであった。

更に、昨年の十二月、一戸に僅か五合の救済米を支給しただけの跡部にとっては、二重の屈辱だった。

「あの隠居爺、俺に恥をかかせおった」

面子を潰された跡部は怒り狂った。

「お奉行様、金を配っていた者たちが、天満で火事があったら急いで駆けつけよと、盛んに言っていたそうです」

「そんなこと、どうでもよいわ」

跡部は怒りのあまり、この謎めいた言葉を深く考えようとはしなかった。

これが跡部の命取りとなった。

決起にあたって、大塩には大きな心配があった。

家族の身の安全だった。武装決起をすれば、内妻のゆう、格之助の妻みね、子の弓太郎、養女いくは、共に重罪になることは間違いなかった。

――こんな重大なことをやるなら、儂は家族など持たなければよかった……。

後悔先に立たずであった。

それでも、少しでも責任が及ばないよう、ゆうと、みねに、離縁を申し渡すことにした。

二人を書斎に呼んだ。

「折り入って話したいことがある、実はのう……」

なかなか口に出せなかった。

「儂は、この度重大な事をせねばならなくなった。そちらに迷惑がかかるから、本日、離縁を申し渡す」

「旦那さま、今更、何をおっしゃるのですか」

ゆうが怒ったように言った。

「旦那さま、私どもは、今後どのようなことになろうとも覚悟が出来ております。ご心配なさらないでくださいませ」

気丈に答えた。

みねも、力強く頷いた。

ゆうが、続けた。

「私が男でしたら、槍、刀を持って、旦那さまのお傍に付き従います。旦那さま、存分にお働きくださいませ」

「すまぬ、儂の勝手を許せ」

大塩が詫びた。

この日の夜、大塩は弓太郎の寝間に足を踏み入れた。

安らかな寝息で眠っている弓太郎の顔をじっと見入った。

「これからお前にも苛酷な運命が待ち受けるかもしれんが、儂は民のためにどうしても立ち上がらなければならんのだ、分かってくれるな」

弓太郎に、そっと話しかけた。

――自分の一存で、家族の者を危険に追いやってよいのか。

弓太郎の寝顔を見ていると、気持ちが崩れそうになった。

それでも、正義のため、民のため、やらざるを得なかった。

「許せよ」、「許せよ」

詫びるしかなかった。

それでも、大塩は家族を守らねばならなかった。

絶対に安全な隠れ場所などなく、止むを得ず四人の者を、般若寺村の橋本忠兵衛に預けることにした。

忠兵衛の心中は、複雑であった。

――自分はもとより覚悟の上だが、娘や孫まで巻き込まれることになってしまった。大塩先生と縁など結ばなければ良かった。

憤りと、悲しみが入り混じった。

だが、忠兵衛も後戻りが出来なかった。

安全に匿うところなどなかったが、弓太郎や娘らを守らねばならなかった。

「幸五郎さん、私の一生一度のお願いです、四人を預かってくれませんか」

同じ洗心洞の塾生で、懇意な仲である伊丹郷伊勢町の紙屋幸五郎に頼み込んだ。

「忠兵衛さん、そんな殺生なことを言われても……」

幸五郎は、決起の血盟に加わっていなかったが、洗心洞のきな臭い動きから、危ない気配を感じ取っていた。四人を匿えば、重罪になることは間違いなかった。

決起の前日となった。

「格之助、これを飛脚屋に届けてくれぬか」

幕府の学問所昌平黌《しょうへいこう》学頭、林述斎《はやしじゅっさい》宛にした幕閣老中への建議書と、もう一通の書を飛脚問屋、尾張屋惣右衛門にあつらえた。

建議書は、幕閣に御政道の歪みを訴えたものであった。

――この建議書が江戸に着く前に、決起の決着がついているであろう。もし決起が失敗し、自分が処刑されても、この建議書が採用されて御政道が正されたら、自分の本懐は遂げられる。

僅かな望みを託した。

もう一通の書は、かつて自分の最大の理解者であった高井山城守宛のものだった。

高井山城守は、今は、御三卿の一家、田安家の家老をしていた。大塩は、自分が決起を決意した理由を伝えておきたかった。そして、これは大塩の遺書でもあった。

この日、早飛脚が江戸に向けて発った。

また、この日の夜、庄屋、名主などをしている農民の塾生たちが、大塩の指示どおりに、自分たちの村で、檄文と金を秘かに配った。

ここまで大塩の決起は、手はずどおりに進んでいた。

十四　密訴者出る

大塩の企ては、上手の手から水が漏れていた。

決起の血判をした一人に、東町奉行所同心の平山助次郎がいた。

平山は、血判の盟約に断り切れずに加わったが、あれ以降、決起の恐怖に怯え、血判したことに後悔していた。恐怖のあまり、遂に密訴をすることで助かろうとした。

十七日の夜遅く、平山は、人目を忍ぶようにして東町奉行所の門をくぐった。

東町奉行所には、大塩の同志がいるため、泊番《とまりばん》が大塩一味でないことを確認すると、奉行に直々の面会を願った。

「こんな夜更けに、火急の用とは何事か」

寝入り端を起こされた跡部は、不機嫌だった。

「謀反です。十九日に洗心洞の大塩平八郎が天下転覆の決起をいたします」

平山が忙しげに訴えた。

「何、天下転覆とな……」

「はい、私は何度も決起に反対し、止めるように言いましたが、大塩が強引に決め、自分も血判をさせられました」

平山は、助かろうとの一念で、必死に弁明を繰り返した。

「それに大塩は、人道にもとる行為をしております。大塩の養子、格之助の子の弓太郎は、実は大塩が産ませた子です」

大塩を貶めることまで並べ立てた。

「そんなことはどうでもうよい。それより天下転覆の確かな証拠でもあるのか」

「証拠は……、私は血盟書に血判をしましたので……」

「そんな不確かなことで、奉行所が動くわけにはいかぬ」

跡部は、飽くまで証拠に拘った。

本当は、自分の在任中に、出世に傷がつくような大事件は起こってほしくなかった。

この時、跡部が果敢に動き、大塩一味を捕えていたら、大塩の決起は未遂に終わっていたかもしれない。跡部には、その決断が出来なかった。

小心な跡部は、この密訴の扱いを一人で背負いこむことを恐れ、西町奉行の堀に報せることにした。

「堀殿、洗心洞の隠居が謀反を企てているとの密訴がありました」

「跡部殿、もしその密訴が本当なら、十九日の市中巡見は危のうござる。大塩が立ち上がるなら、きっとこの機会を狙うはずです」

　市中巡見は、延期となった。


「先生、不可解なことが起こりました」

　十八日、西町奉行所に勤める塾生から、大塩に情報がもたらされた。

　十九日の東西両奉行による市中巡見が、突然、延期になったということであった。

――何故だ、密訴者でも出たのかな。いや、そんなことはない。同志全員が神に誓っての血盟をしたはずだ。

　事態の急変に、大塩は不安を覚えた。

　だが、決起日を変えるわけにはいかなかった。作戦は、既に動いていた。

　天保八年(一八三七)二月十九日、決起の日を迎えた。

　再び大塩たちにとって、衝撃の事態が発生した。

二度目の密訴だった。

このことは、既に決起の前日、十八日に始まっていた。

吉見九郎左衛門と河合郷左衛門の二人が、吉見宅の奥の間で密談していた。

吉見も河合も、東町奉行所の同心で、血盟に加わった同志であった。

「河合殿、決起に参加すれば、磔、獄門でござるぞ。家族まで重罰を受ける、そんな恐ろしいことは、儂はとても出来ぬ」

「吉見殿、儂も同様でござる。今更ながら血判してしまったことを後悔している。もう後へは戻れぬ」

「だがな、河合殿、今ならまだ助かる道がある」

「それは何でござるか」

「密訴だ」

河合が、ぎくっとなった。

「吉見殿、確たる証拠もないのに、そんなこと信用してもらえるのか」

「証拠はある。儂は、倅が洗心洞の小屋の中で、決起の檄文を刷っていると聞いたので、秘かに一枚持ち出すように言っておいた。それがこれでござる」

吉見が、懐から一枚の紙を出した。

大塩が、塾生に一枚たりとも失わぬよう厳命していた檄文だった。

「儂は、事の顚末書を書き、檄文とともに明日の早朝、倅に西奉行所に持って行かせる、一人では心もとないので、河合殿のご子息も同道願えないか」

「承知いたした」

二人は、自分たちが直接訴え出ることに気がとがめたのか、息子を使うことにした。

十九日の暁七つ（午前四時）、辺りは暗い頃だった。

二人の少年が、西町奉行の門を激しく叩いた。

吉見九郎左衛門の息子英太郎と、河合郷左衛門の息子八十次郎であった。

「一刻も争う用件です。大至急、お奉行様にお取り次ぎを願います」

「お奉行様は、未だ就寝しておられる。起きられるまで待て」

「遅れたら、取り返しのつかない重大な事態になります」

取次役が、渋々奥に入っていった。

「こんな朝早く、何事か」

奉行の堀利堅が不機嫌な顔で出て来た。

吉見英太郎が、父がしたためた書状と、物置小屋で刷った檄文を奉行に差し出し、早口で事の次第を訴えた。

「やはりそうであったか」

堀は、檄文を持参しての密訴に、大塩の決起は間違いないと確信した。

吉見英太郎が、もう一つ重要なことを伝えた。

「父が申しますには、東町与力の瀬田済之助と、同じく与力の小泉淵次郎も大塩の一味で、二人は昨夜から泊番をしておるとのことでございます」

堀は、東町奉行所に急使を差し向け、泊番の瀬田と小泉の捕縛を要請した。

自身は、城代の土井大炊守《おおいのかみ》に報告すべく、急ぎ登城した。

「大炊守様、天下の一大事でございます、元東町与力、大塩平八郎なる者が謀反を企て、本日、夕七ツ（午後四時）に決起します」

決起の檄文を差し出した。

土井は、檄文を一読するや顔色が変わった。

「天下の転覆を謀るとは不届きな奴だ」

「至急、縁者を差し向けて、大塩に切腹するよう説得させよ。もし、大塩が応じなければ刺し違えよと申し伝えよ」

大塩の伯父、与力の大西与五郎宅に使者が飛んだ。

土井は、急いで京橋口城番、鉄砲奉行、弓奉行、具足奉行らを集めた。

地図を広げながら、鎮圧作戦に入った。

「奴らは天満から出て、市中に押し出すつもりであろう。大川（淀川）に架かる橋を、一刻も早く押さえ、市中に一歩たりとも入れるな」

天満町から市中に入るには、大川に架かる天満橋、天神橋、難波橋のいずれか渡らねばならなかった。

「直ぐに橋を切り落とせ」

「東西の両奉行は急ぎ兵を出し、洗心洞を急襲して一味を捕えよ」

「我が方は大坂城を守り、一手を加勢に差し向ける」

土井が次々と命令した。

城代になるだけの器、跡部とは違っていた（土井は、後に大坂城代から、京都所司代になり、老中になった）。

十五　泣いて馬謖《ばしょく》を斬る

洗心洞には、十人ほどの塾生が前夜から泊まっていた。

この他に、三十人ほどの人夫がいた。この者たちは、大筒の台車を引き、棒火矢、焙烙玉を入れた木箱、檄文を詰めた長持などを運ぶための要員であった。

大塩が屋敷内の池を埋める工事と偽って、前日から屋敷に泊め置いていたものである。人夫たちは、逃げ出すことも出来ず、決起の勢力に組み入れられてしまった。

二月十九日、運命の日を迎えた。

洗心洞には、戦支度をした塾生たちが、次々と強張った顔で駆けつけて来た。塾頭の宇津木の姿もあった。宇津木としては、もう流れに乗るしかなかった。

中庭には、四門の大筒が台車に乗せられ、小筒、四半の旗、棒火矢や焙烙玉の入った木箱、檄文の入った長持などが所狭しと置かれていた。

全員が緊張した表情で、迫り来る出陣の刻限を待っていた。

明け六ツ（午前六時）頃だった。

「先生、一大事です」

一人の男が息せき切って走り込んで来た。

男は、よほど急いでいたのか、刀も帯びず、裸足のままであった。

「先生、発覚しました。小泉が斬られました」

瀬田済之助であった。

瀬田は、同志の小泉淵次郎と東町奉行所で泊番をしていた。深夜、小泉と一緒に奉行の部屋に来るよう申し渡しがあった。

――こんな真夜中に、奉行直々の用とは、何かおかしい。

瀬田は、突然の呼び出しに警戒心を抱いた。

「食あたりなのか、どうも腹具合が悪く、厠で用を足してから参ります」

咄嗟の口実を考え、万が一に備えた。

小泉が先に部屋に向かった。

小泉は、部屋に入るや否や、突然、七、八人に取り囲まれた。

皆、刀や槍を手にしていた。

「謀反を企てるとは不届きな奴、神妙にせよ」

一斉に飛びかかってきた。

厠に潜む瀬田に、奉行の部屋の方で、バタバタと人が入り乱れる音が聞こえた。

「瀬田さん、早く、早く逃げてください」

小泉の叫ぶ声がした。

瀬田は、小泉を助けに行くべきか迷った。

——ここで自分が捕えられたら、大塩先生らは一網打尽になってしまう。報せなければ……。

瀬田は、一瞬、そう思った。

「小泉、許せ」

心を鬼にした。

廊下の戸を蹴破って庭に飛び出し、松の木の枝に足をかけ、塀を乗り越えた。

屋敷の外に逃れ出ると、裸足のまま洗心洞へ懸命に駆けた。奉行所の手の者は、途中まで追って来たが、洗心洞に多数の兵が集結していると思ったのか、追跡を止めた。

跡部は、瀬田を取り逃がすという大失態を犯してしまった。

それでも、急ぎ手勢をもって洗心洞を急襲していたら、大塩らを一網打尽に出来たかもしれぬのに、跡部には、その決断が出来なかった。

残された小泉は、必死に抵抗したが斬られ、十八歳の若い命を落とした。

洗心洞では、大きな動揺が走った。

「やはり密訴があったか……」

大塩が声を絞り出した。

周到に準備した決起が、足元からガラガラと崩れ落ちていくのを感じた。

由比正雪が起こした乱の悲惨な結末が頭を過った。だが、他の者に動揺を悟られぬよう、努めて平静を装った。

この予期せぬ事態に、大塩がどう判断するのか、全員が固唾を呑んで見守っていた。

その時だった。一人の男が声を上げた。

「先生、企てが発覚した以上、もはや決起は止めるべきです」

宇津木だった。

大塩は、一瞬出端をくじかれた。

だが、決起の作戦は既に動いており、止めるわけにはいかなかった。

それに今更、一同が打ち揃って自首することなど出来なかった。自首しても、罪一等減ぜられるわけでなく、全員が磔、獄門になることは間違いなかった。

それと、むざむざ降伏するくらいなら、奉行所勢と一戦を交え、武運に身をまかせた方が、まだましだと思った。

「決起は決行する」

敢然と告げた。

そして、決起を大幅に早める決断をした。

「決起は、朝五ツ（午前八時）とする」

当初の夕七ツ（午後四時）より、四刻（八時間）早めることにした。

「先生、お待ちください。このまま決行することは自滅するようなものです。ただ犠牲者が出るだけです」

宇津木が抵抗した。

宇津木には、考えがあった。彦根藩の家老をしている兄から井伊家に頼み込んでもらい、譜代家筆頭井伊家の力で、同志たちの死だけは免じてもらおう、と考えていた。

「いや、決行する」

大塩の意思は変わることはなかった。

それは、大塩の性格であり、意地でもあった。

事態は急迫しており、いつまでも宇津木と論争している時間はなかった。

――このまま宇津木がいては、決起の妨げになる。

泣いて馬謖を斬る決断をした。


皆に、再度の武器点検を命じ、その間に大井正一郎を裏庭に呼んだ。

大井は、彦根藩の浪人で、性格は粗暴だが、塾生の中で最も大塩に傾倒していた。

「獅子身中の虫を取り除く」

大塩は、それだけしか言わなかった。

大井も師の腹を承知していた。


「宇津木さん、先生が裏庭でお待ちです」

大井が宇津木に声を掛けた。

――先生は、どうやら決起を止める気になられたようだ。

宇津木はそんな期待を持ち、師に言いすぎた御無礼をお詫びしようと思った。

槍を手にした大井が、宇津木の直ぐ後ろに付き従った。

二人が裏庭に続く、講堂横の狭い通路に入った時、

「先生の邪魔立てする不忠義者、成敗する」

大井の槍が宇津木の背を刺し貫いた。

「ウォー」

宇津木が、短い声を発し、虚空を摑んだ。

そして、苦悶の表情で叫んだ。

「大井、私の命が欲しければ、なぜ尋常の立ち合いをしないのだ。後ろから刺すとは卑怯だぞ」

吼えた。

「これは先生のお指図か……、私を殺しても決起は成功しませんと、先生にお伝えしろ」

宇津木の最後の諫言となった。

宇津木矩之允《のりのじょう》、時に二十九歳であった。

裏の方で短い悲鳴がしたが、誰も気にかける者などいなかった。

「先生、成敗しました」

大井が顔面蒼白で、裏庭にいる大塩の前に出た。

血が滴る槍を持つ大井の手が震えていた。

「宇津木が、最後にそう言ったか……」

大塩は、言いようもない罪悪感に陥った。

洗心洞の将来を託すべき俊才を、闇討ちのようにして殺さねばならなかったことは、決起の失敗であり、己の敗北でもあった。

それでも、大事の前の小事と、自分に言い聞かせるしかなかった。

十六　決起の強行

朝五ツ（午前八時）を迎えた。

大将の大塩は、銀鍬形《くわがた》の兜頭巾、黒糸おどしの鎧、黒羅紗の陣羽織姿で、腰に大小の刀を差し、右手に朱色の采配を持っていた。副将の格之助は、黒の兜頭巾、黒具足で、手槍を持っていた。他の者たちも、白鉢巻をし、野袴、皮足袋姿で、てんでに小筒や槍、刀などを手にしていた。

「隊伍を組め」

副将の格之助が命令した。

「救民」と書いた四半の旗を先頭にし、大塩格之助を頭とする前衛隊、次に「天照皇大神宮」の旗を真ん中にし、右側に「湯武《とうぶ》両聖王」の旗、左側に「八幡大菩薩」の旗が続き、その後に大塩を頭とする中衛隊、後に今川家の家紋「二つ引きに丸の内に五三の桐」の吹き流しが従った。隊の中程に主力火器である四門の大筒、その後に棒火矢、焙烙玉を入れた木箱、檄文を入れた長持を担いだ人足が続いた。瀬田済之助を頭とする後衛隊が、最後尾を固めた。

「屋敷に火を放て」

大塩が最初の命令を発した。

これから市中で火を掛けるからには、自分の屋敷を最初に燃やさねば、道理が立たなかった。それと、命を捨てた大塩に、この世に惜しむものは何もなかった。

パチパチという音とともに、黒煙があがり、洗心洞が燃え始めた。

大塩は、懐から取り出した血盟状を火中に投げ入れた。もう無用の長物であり、奉行所の手に渡ったら、却って危険極まりないものであった。

――南無八幡大菩薩、我らに御加護あらんことを。

大塩は、弓矢の神に武運を祈った。

「世直しに出発じゃ」

大塩が声高らかに言い放ち、右手に掲げた朱色の采配を振った。

「オー」

全員が呼応した。

七十人ほどの決起勢が屋敷の外に踏み出した。

これからどんな運命が待ち構えているのか、どの顔も不安と緊張で強張っていた。

屋敷の前の通りは、人通りもなく、不気味なくらい静かだった。

最初に火を掛けるのは、真向かいにある東町奉行所筆頭与力、朝岡助之丞の家宅だった。

大塩は、朝岡を奉行の跡部に媚びる一番の曲者と思っていた。

「撃てー、どんどん撃ち込め」

棒火矢と焙烙玉を撃ち込ませた。

大きな破裂音とともに、閃光が飛び、火の粉が四方に飛び散った。しばらくして朝岡の家宅から火の手があがり始めた。

大塩は、天満町に連なる与力屋敷のうち、不正を働いていると思われる者の家宅に、次々と棒火矢、焙烙玉を撃ち込ませた。

折からの風に煽られ、火は家屋をなめるようにして天満一帯に広がっていった。

「どいた、どいた」

勇ましい掛け声で、梯子を担ぎ、竜吐水《りゅうどすい》を引いた火消し人足が駆けつけて来た。

今度は、塾生たちが刀を抜いて叫んだ。

「火を消すな。消したら斬るぞ」

火消し人足を追い散らした。


この頃、大坂城代の命を受けた急使が、大塩の伯父、大西与五郎宅に着いた。

「謀反を起こした大塩を切腹させよ。御城代の御命令である」

「え、平八郎が謀反を起こしましたと……」

与五郎が、がばっと床から病身を起こした。

――平八郎、お前の正義感は分かるが、早まったことをしてくれた。

同情しながらも、上意には従わざるを得なかった。

与五郎は動けぬ体のため、養子の善之進を、急ぎ洗心洞に向かわせた。


「火事だ、火事だ」

「天満辺りだぞ」

かねての施行で金を貰っていた者たちが、次々と駆けつけて来た。

その数は、どんどん増え、たちまち二、三百人になった。

「我らは、民を救わぬ奉行所、役人、強欲な金持ちを成敗する」

「金持ちが蓄えた米を、皆に分け与えてやる。我らと一緒に働け」

「皆の者、加われ、加われ」

塾生らが大声で叫び続けた。

「米が貰えるのか」

「有難い、有難い」

あちらこちらで歓声が上がった。

大塩は、次の目標として天満橋の南にある東町奉行所を襲撃して火を掛け、次いで横堀川沿いにある西町奉行所にも火を掛けるつもりでいた。

だが、決起が発覚した以上、両奉行所は防備を固めていると思われ、襲撃すれば多くの犠牲が出るため、取り止めることにした。

「船場に向かう、急げ」

大川の北から船場に入るには、天満橋、天神橋、難波橋のいずれかを渡らねばならなかった。一番手前の天満橋は、直ぐ近くに大坂城があり、ここを突破することは、あまりにも挑戦的であり、城兵が繰り出して来る恐れがあるため、大塩はこれを避けた。

一つ下流側の天神橋に向かうよう指示した。

天神橋に至った時、橋は奉行所の手によってか、橋板の一部が切り落とされていた。

大筒を載せた台車を渡すことが出来ぬため、大塩は、更に下流側の難波橋へ向かうよう指示した。

「城方の兵が来るぞ。急げ、急げ」

決起勢は、大筒を引きながら走り続けた。

「ワッショイ、ワッショイ」

途中から隊列に加わった者たちも、大きな声を出しながら付き従った。


「洗心洞の者たちが、大筒を引き、市中各所で火を掛け廻っています」

最初の報せが跡部に届いた。

「決起の刻限は、夕七ツ(午後四時)ではなかったのか」

「大筒を四門も引いているのか……、それなら我らもそれ以上の大筒を集めよ」

跡部が狼狽して、わめき続けた。

「お奉行、それには及びません。小筒でも十分に鎮圧できます。それよりも一刻も早く出動すべきです」

「いや、万全の態勢を整えてからだ」

跡部は、昼近くになっても動こうとしなかった。

決起勢が天満の与力屋敷に放った火は、周辺の町家にも延焼し、もう手に負えない火勢になっていた。どの通りも、家財道具を荷車に積み、逃げ惑う人でごった返していた。

――まずいことになった、火の手が大きくなりすぎた。

大塩は、作戦とはいえ、予期せぬ事態に戸惑いを感じていた。


末吉は、この日も、目的もないまま彷徨っていた。

朝四ツ（午前十時）が過ぎた頃、町の北方向で煙が見え、狂ったように鳴る半鐘の音が聞こえた。煙があがる方向に動く人の波があった。

末吉は、安堂寺町の本会所で金を貰ったとき、「天満で火事があったら駆けつけよ」との言葉を思い出し、急いで人の波に入った。

大きな通りに出たとき、「救民」と大書された四半の旗を先頭に、台車に乗せた大筒を引き、槍、刀などを持った一団が進んでいた。

「世直しじゃ、世直しじゃ」

「懐を肥やす役人や金儲け商人を成敗する」

「皆も加われ、加われ」

隊列から、さまざまな声が飛んでいた。

「皆の衆、これを読め。世直しのお告げだ」

決起勢の者たちが、檄文を往来にばら撒いていた。

末吉は、一枚拾ったが字が読めなかった。だが、次第にこの一団が、飢えた人々を救う人たちだと分かった。

飢えで亡くなったおとうやおかあ、村に一人で残ったおばあのことが思い出され、怒りがこみ上げてきた。

手拭いで頬被りをすると、夢中で一団に飛び込んだ。

「世直しだ、世直しだ」

末吉は、怖さも忘れ、叫び続けた。

「奉行所をやっつけよ」

「どんどん、やれぇー」

沿道からそんな声援が飛び出した。

末吉は、この行列に加わっていることが、何か誇らしく思えるようになった。

決起勢は、四門の大筒をゴロゴロと引きながら、大川の堤防を西へと向かい、難波橋に近づいた。

難波橋は、未だ壊されていなかった。

「それ、急いで渡れ」

決起勢は難波橋を渡り、北船場に突入した。朝四ツ（午前十一時）頃だった。

北船場の今橋筋には、鴻池屋、天王寺屋、平野屋、高麗橋筋には、三井呉服店、岩城升屋などの大店や蔵が連なっていた。更に、その南筋の淡路町には、多くの米屋の店、蔵が立ち並んでいた。

決起勢は、城方の兵が出動して来るまでに、事を為し遂げねばならず、時間との勝負に迫られていた。

大塩は、隊を二手に分け、自ら一隊を率いて今橋筋に向い、瀬田済之助に一隊を預けて高麗橋筋に向かわせた。

大塩隊は、鴻池屋の前に来ると、

「我らは窮民のために米を貰い受ける。米蔵を開けよ」

大声で告げ、檄文を店の中に投げ入れた。

自分たちが強盗、押し込みの集団でないことを宣言しておきたかった。

「米を持ち出せ。金は盗るな。家の者には乱暴するな」

決起勢の者たちに、再度命じた。

この時、遠巻きに見ていた野次馬たちが異様な反応を示した。

「ただで米が貰えるのか。これは有難い」

「米俵を運び出せ。ついでに金もいただけ」

野次馬たちが歓声を上げ、一斉に店や蔵に乱入した。

「どうかお止めください」

「ご勘弁を、ご勘弁を」

番頭、手代が店の前で手を合わせていた。

「店の者には乱暴するな」

「米は後で分け与える。しばらく待て」

塾生らが必死に制止した。

野次馬たちは、制止を無視して、我先にと、鴻池屋、天王寺屋、平野屋などの店や蔵に飛び込んでいった。家財道具を壊し、金目の物をあさり、金子を懐に入れ、蔵から米俵を担ぎ出した。もう決起勢の手に負えなくなり、無法集団へと化していった。

半刻(一時間)ほど、野次馬たちが乱暴狼藉を尽くした後には、辺り一面に小銭が散らばり、米俵からこぼれ落ちた米粒が、雪が積もったかのように路上に散乱していた。

このような乱暴狼藉は、瀬田隊の方でも同じように起こっていた。

――まずいことになった、我らの決起が、強盗、狼藉の集団に化してしまった。

大塩の誤算となった。

十七　あっけない決末

昼八ツ(午後二時)近くだった。

大きな喚声と、大筒を乗せた台車が地を這う音が迫ってきた。奉行所と大坂城の兵からなる圧倒的な数の鎮圧勢だった。しかも十門以上の大筒を引いていた。大塩は、急ぎ伝令を走らせ、瀬田隊を呼び戻した。

二隊は、平野町の一角で固まり、迎撃態勢を構えた。

鎮圧勢が間合いを詰め、東横堀川の西の通りで、双方が対峙した。

決起勢の塾生たちは、初めての実戦に緊張し、小筒、槍を固く握り締めていた。

医師の志村は、武道の心得がないため、せめて大塩先生の楯代わりにならんと、直ぐ傍に身を置いていた。

平野町で最初の戦が始まった。

ドカーン、ドカーン
パン、パン、パン
鎮圧勢の大筒、小筒が一斉に火を吹いた。

「撃ち返せ」

大塩も応戦を命じた。

双方の大筒、小筒の激しい撃ち合いとなり、決起勢の塾生たちは、扱い慣れぬ小筒で必死に撃ち返していた。

西町奉行の堀が乗った馬が銃声に驚いて立ち上がり、堀が振り落とされた。戦の最中なのに、双方から一斉に笑い声が上がり、堀は大いに面目を失った。

東町奉行の跡部は、何処にいるのか姿が見当たらなかった。


銃撃戦が四半刻（約三十分）ほど続いた。

撃ち合いは、数に勝る鎮圧勢が次第に圧倒し、決起勢側に負傷者が相次いだ。

大塩の傍にいた志村も右肩を撃たれ、血が吹き出ていた。

「ウワー、撃たれるぞ」

「逃げろ、逃げろ」

途中から決起勢に加わった者たちが、恐怖にかられ、ばらばらと逃げ始めた。

「逃げるな。戦うのだ」

大塩らが必死に制止したが、一旦、怖じ気づいた者を止めることは出来なかった。

末吉は迷っていた。

最後まで、大塩先生の世直し隊にいたかったが、途中から加わった者の大半が逃げ去ってしまい、自分一人が取り残されるのが怖かった。遂に恐怖に耐えきれず、沿道の人の群れの中に紛れ込んだ。

決起勢は、潮が引くように減り、たちまち勢力は五十人ほどになってしまった。

「淡路町で態勢を立て直す」

決起勢は、淡路町の大きな商家の角で固まり、急いで態勢を整えた。

その中に負傷した志村もいた。

「志村、その怪我で戦うは無理だ。早く手当を受けよ」

大塩は、無理やり戦列から離れさせた。

淡路町で二度目の戦となった。

「もう直ぐ大勢の農民隊が駆けつける。そうすれば我らが有利になる。戦うのだ」

大塩が檄を飛ばした。

だが、塾生たちの戦意は萎えていた。

大塩が最も頼りにしていた援軍の農民隊は、待てども来なかった。

鎮圧勢の小筒が、兜をかぶった大塩父子と、大筒の砲手を集中的に狙い始めた。

「ウォー」

大筒の砲手、梅田源左衛門が頭を射抜かれた。

梅田が路上に倒れ、苦悶の表情でのたうち回った。

これを目の当たりにした塾生たちは、完全に戦意を喪失してしまった。次々と武器を放り出し、我先にと逃げ出した。大塩が叱咤しても、もうどうにもならなかった。

決起勢は、戦らしい戦もせぬうちに崩壊した。

塾生たちが逃げ去った後には、台車に乗った大筒、箱に入った棒火矢、焙烙玉、手槍、太鼓、長持などが放置され、長持からこぼれ落ちた檄文が風に舞っていた。

決起の旗印である「救民」と大書された旗が路上に倒れ、踏みにじられていた。

――天に代わって世直しに立ち上がったのに、天は我らを見捨てられたのか。

大塩は、呆然と立ち尽くしていた。

決起は、昼七ツ（午後四時）頃に終わった。あっけない結末だった。

決起勢に、三人の死者と多数の負傷者が出たが、鎮圧勢は一人の死傷者もなかった。

決起勢は、完全な敗北に終わったが、市中の火事は、勝ち誇るかのように燃え続けていた。

河州尊延寺村では、塾生の才次郎が大塩から檄文の配布を託された時、決起の時刻は、昼七ツ(午後四時)と告げられていた。

尊延寺村から大坂まで二里(約八キロメートル)、才次郎は、正午頃、家の前にある火の見櫓の半鐘を打ち鳴らした。

多くの村人が、火事は何処かと集まって来た。櫓の前で、腰に脇差を差し、戦支度をした才次郎が立っていた。

七、八十人の村人が集まると、才次郎は葛籠《つづら》から金を出し、一人一人に配った。

「この金は、大塩先生というお方が大切な御本を売られた金だ、有難くいただけ」

そして、檄文を大声で読み上げ始めた。

「才次郎さん、難しくて分からん」

「儂らは、どうすればいいんじゃ」

村人は、才次郎が言っていることが理解できず、ぽかんと立っていた。

そこで才次郎は、別のことを告げた。

「今般、西国筋の者が大挙して大坂に攻めて来るので、私の先生である大塩様が一戦に及ばれる。加勢すれば、侍に取り立てられる。年貢、諸役は免除、借金は棄損、差し当たり三両くだされる」

「年貢が免除されるのか」

「三両も金が貰えるのか」

「才次郎さん、そんなこと本当か」

疑う者もいた。

「儂の言うことが信用できんのか」

才次郎が、脇差の柄に手を掛けた。

村人は、才次郎の剣幕に圧倒され、金を貰ったこともあり、付き従うことになった。

着物を荒縄で襷《たすき》掛けにし、足元を草履で締め、才次郎が予てより用意していた鉄砲、脇差、竹槍、高張提灯、幟旗などをてんでに持った。

「皆の衆、気張りなされ」

才次郎の母親が、壮行の祝いとして酒と牡丹餅を振る舞った。

「戦に勝ったら、侍になれる」

「年貢が免除され、三両の金が貰えるぞ」

「オイサー、オイサー」

才次郎を先頭に、尊延寺村と大書した幟旗を立て、七十人ほどの村人が大坂に向かって駆け出した。

才次郎としては、予定どおりの行動であったが、決起の時間が四刻(八時間)も早くなったことを知る由もなかった。

十八　惨めな逃避行

淡路町での戦に敗れた大塩らも駆けていた。

決起勢で残った者は、大塩父子、瀬田済之助、渡辺良左衛門、近藤梶五郎、庄司儀左衛門、橋本忠兵衛、白井孝右衛門ら十二人であった。

このまま市中に留まるのは危険なため、一旦、郊外へ逃げることにした。十二人が一塊になって、西横堀川沿いに北へ向かって駆けた。

鎮圧勢は、大塩の伏兵が何処かに潜んでいると思ったのか、追撃して来なかった。

大塩らは、駆け続けた。

誰もが身軽になるため、手槍、刀、具足などを次々と川に投げ捨てた。

大塩も、兜や陣羽織、刀などを投げ捨て、脇差一つの身になった。ただ、煙硝の入った革袋だけは捨てることはなかった。

髪も着物も乱れ、無言で駆け続ける異様な一団に、通りの者たちが不審な目を向けた。

大塩らは、平戸藩の蔵屋敷が立ち並ぶ土佐堀川を越え、大川から分岐した堂島川にたどり着いた。川の両岸には、人の丈を超すような芦原が一面に広がっていた。

皆が先を争うようにして、芦原の中に、次々と飛び込んだ。

暮六ツ（午後六時）頃で、辺りは暗かった。

「もう追手はいないぞ」

「やれやれ助かった」

一先ずの安堵を得て、誰それとなく、ひそひそと会話が始まった。

だが、その僅かな安堵も直ぐに終わった。

「先生、我々はここで切腹しますか」

瀬田済之助が、身の処し方を問うた。

皆、緊張して大塩の返答を待った。

「いや、それにはまだ早い」

大塩には、まだ死ぬ気はなかった。

「では、先生、これからどうしますか」

瀬田が重ねて問うた。

大塩は、黙したままであった。大塩にも考えはなかった。しばらくは、流れに任せるしかなかった。

時が過ぎるにつれ、誰もが家族のことが気になりだした。決起が失敗した以上、家族の身に危険が迫るのは、時間の問題だった。

大塩も、弓太郎の顔が浮かんだ。

橋本忠兵衛を傍らに招き寄せた。

「忠兵衛さん、かの者たちを連れて、何処か安全なところへ逃げてくれぬか」

小さな声で頼んだ。

「先生、安全なところと言っても……」

忠兵衛は困惑していた。

それでも、意を決したのか、薄暗い芦原に姿を消した。

大塩らが芦原をかき分けながら進んでいると、小さな渡し場に出た。

偶然か、そこに仕事を終えたばかりと思われる一隻の荷船が止まっていた。

「あの船に潜り込めば、見つかる心配がないぞ」

誰かが言った。

「船頭、乗せてくれ」

驚く船頭に構わず、一行がどやどやと乗り込んだ。船が大きく揺れ動いた。

船頭は、まだ大塩たちの正体を知らないのか、素直に従った。

「旦那様、どちらへ向かえばよろしいか」

「しばらく川を動いていればよい」

大塩が、男の手に二両を渡した。

一行は、船に積んであった筵を被り、船底に身を伏せた。

船は、それから堂島川の緩やかな流れに、ただ時を過ごすかのように漂い続けた。


「腹が減ったな」

誰かが呟いた。

その一言で、今まで忘れていた空腹感がどっと襲った。船頭に何か食えるものを乞おうとしたが、それは出来なかった。まだ、武士の矜持があった。

大塩は、かつて戦に敗れた明智光秀公や石田三成公が、絶望に打ちのめされ、戦場を落ち延びて行った恐怖と悲哀を、今、ひしひしと感じていた。

「先生、やはり私が言ったとおりでしょう」

大塩は、暗闇の中で宇津木の声が聞こえたような気がした。

誰もが、時々、船底から鎌首をもたげるようにして、外の様子を窺った。

市中の火事はまだ燃え続け、夜空を赤々と焦がしていた。

――こんなに大きくなるとは……。

大塩は、自分たちが放った火が大火となって、多くの窮民を一層の難儀に追い込んでしまったことに、断腸の思いであった。

船頭は、大塩たちの様子から、何か罪を犯した一行だと察するようになったが、川に飛び込んで逃げるようなことはしなかった。

船は、一刻(二時間)ほど川を上下していたが、大江橋の近くに来た時、

「先生、私どもは行く当てがありますから、ここでお暇を頂戴します」

意を決した五人の者が、大塩に別れを申し出た。

大塩は、この者たちが上陸すれば、捕縛されるのは時間の問題であったが、引き留めることはしなかった。

「そうか、大変な難儀をかけてしまった。どうか無事でいてくれよ」

気休めの言葉でしかなかった。

残ったのは、大塩父子、瀬田済之助、渡辺良左衛門、近藤梶五郎、庄司儀左衛門、白井

孝右衛門の七人となった。

「旦那様、遠くへ行きましょうか」

船頭が大塩たちを気遣った。

「いや、世話をかけた。もうここらでよい」

大塩は、大江橋の少し下流のところで、船を岸に着けさせた。

「旦那様方、御無事で」

船頭が被り物をとって、深く腰を折った。

大塩らは、堂島川の下流に向かって歩き続けた。誰もが無言のままであった。

雨が降ってきた。

空腹と疲れきった体に、寒さが一段と堪えた。一刻も早く、雨をしのげそうな場所に潜り込みたかった。大塩らは、疲れ果てた体でふらふらと歩き続けた。

人里離れた林の中に、あばら家が一軒あった。

「あの家に潜り込むか」

「先生、私が様子を見てきます」

庄司が抜き身で中を探ったところ、無住の寺だった。

すえた臭いがする、破れ畳の本堂で全員が体を横たえた。

——昨日までは、それなりに腹を満たし、温かい夜具で寝ることが出来たのに……。

誰もが、奈落の底に落ちた運命の悲哀を感じていた。

そして、これから待ち受ける結末に暗澹たる気持ちだった。それでも、今までの疲れが一度に襲い、誰もが直ぐに深い眠りに落ちた。

どれほどの時が過ぎたであろうか、大塩は、耳元で呼びかける声で目を覚ました。

「先生、私どもは、ここでお別れします」

近藤梶五郎、庄司儀左衛門、白井孝右衛門の三人が手をついていた。

三人に行く当てなどなかった。ただ、このまま大勢で行動すれば、人目に付きやすく、大塩父子の身を案じてのことだった。

「最後まで儂のために尽くしてくれて礼の言葉もない。いつの日か、また会おうぞ。それまで無事にいてくれよ」

大塩がそれぞれの手を固く握り、頭を垂れた。

「先生、若先生、御無事で」

三人が北の方に向かって、小走りで走り去った。

十九　執拗な探索

大坂の町は、慶長二十年(一六一五)四月の豊臣家と徳川家の「夏の陣」以来の兵乱と、大火事に大騒ぎとなっていた。

城代の土井大炊守は、天下の一大事を江戸に報せるべく、早馬の急使を立てるとともに、自らも鎧、兜を着用し、大坂城の大手口に馬印を立て、二千の城兵をもって城を固めた。更に、畿内の諸藩に加勢を求めた。

尼崎藩八百人、高槻藩七百人、姫路藩千人、明石藩二百人、岸和田藩三百人の兵が続々と駆けつけ、市中に厳戒態勢を敷いた。

大塩の残党が潜んでいるのを警戒し、市中の至るところに関所を設け、人の出入りを厳しく調べた。昼夜を問わず、鉄砲、槍を持った隊が市中を巡察し、夜は各所で篝火が焚かれた。

「事前に情報を摑みながら、かかる事態を生じさせるとは、不届き千万なり」

城代の土井大炊守は、東西両奉行を厳しく叱責した。

その上で、一刻も早い大塩父子の生け捕りと、決起に関与した者を一人残らず捕縛するよう厳命した。

東西の奉行所は、失った面目を取り戻そうと、配下を総動員して、大塩残党と、大塩の決起に関与した者の摘発に全力を挙げた。

真っ先に、決起に参加した洗心洞塾生の捕縛に乗り出し、生け捕りにした塾生を責め、血盟者を割り出し、捕縛吏を市中に走らせた。


事件当日の夜遅く、一人の男が東町奉行所の門をくぐった。

「恐れながら、至急、お知らせしたき儀がございます」

飛脚問屋、尾張屋惣右衛門であった。

「昨日、洗心洞のご隠居様から江戸の学問所昌平黌《しょうへいこう》宛の荷物を預かりました」

惣右衛門は、大塩一味と嫌疑がかかることを恐れ、注進に及んだ。

「その中身は何であったか」

「詳しくは存じませんが、書類のようでございました」

奉行の跡部の顔色がさっと変わった。

「江戸の何処の飛脚屋に送ったのだ」

「日本橋の飛脚問屋、京屋弥兵衛です」

「早く、早飛脚を立てよ、その荷物を取り戻すのだ」

跡部は、自分の失政を幕閣に告発されたと思い、慌てふためいた。


大塩らが起こした火事は、翌日の夕刻から本格的に降ってきた雨で、ようやく鎮火した。

そして、時間の経過とともに、決起に加わった塾生、大筒を貸した者、煙硝を売った花火屋、施行札を配った河内屋木兵衛とその一統の者など、次々と捕縛されていった。

それは、本人のみならず家族にまで厳しい追及が及んだ。

逃走中の者の中には、逃げ切れぬと観念し、自害する者もいた。また、一度でも洗心洞に籍を置いた者は、嫌疑がかかるのを恐れ、ひたすら口を閉ざした。


檄文と施行札の版木を彫った市田治郎兵衛が奉行所へ引き立てられた。

「そちは、不届きなものをどうして彫ったのか」

「不届きなものかどうか、私には分かりません。私は、頼まれたものを彫っただけです」

「彫っていれば不届きなものだと分かるであろう。どうして届け出なかったのか」

「お役人様、私ら職人にも仁義というものがあります。お客様からのご依頼のものを、べらべらと喋るわけにはいきません」

「屁理屈を言うな」

「それでは、お役人様にお尋ねしますが、不届きなものとは、一体どういうものですか」

「それはだ……」

言いよどんだ役人が、返答の代わりに治郎兵衛を棒で打った。

治郎兵衛が打ち首を覚悟で、更に言った。

「お奉行様やお役人様方は、飢饉の時でも、食べることに心配がありませんが、私ら庶民は、明日をどうやって生きるかの心配をしなければなりません。大塩先生はその心配をしてくださっただけです」

「黙れ、黙れ」

役人が、治郎兵衛を何度も打ち据えた。

奉行所は、決起に加わった農民の摘発に全力を挙げた。

才次郎に率いられた尊延寺村の一行は、悉く捕縛された。更に、檄文と金を配った塾生を厳しく責め、その結果、摂津、河内、和泉、播磨などの二十七村が判明した。

これらの村には役人が入り、村人一人、一人を厳しく吟味した。

「私は、何も分からずに従っただけです」

「お金はもらっていません」

だが、役人は、村人を芋づる式に捕縛していった。

村人は、檄文を手にしていただけでも厳しい咎めを受けるため、慌てて捨てたり、燃やしたりした。そして、子供にまで口止めをした。

追及の手は、火事で駆けつけて決起に加わった者、北船場の店、蔵から金銭、米を持ち出した者、施行で金を貰った者まで及んだ。

このため、少しでも決起に関わった者は、首をすくめ、口を固く閉ざした。

末吉も怯えていた。

末吉は、決起勢に加わったため、見つかれば死罪は免れなかった。だが、末吉の顔を知る者がいなかったことで、追及の手から逃れていた。

大塩の四人の家族は、橋本忠兵衛に連れられ、丹波路から京都へ続く街道を逃れていた。

忠兵衛は、四人を安全に匿える心当たりなどなかった。それでも、何としても四人を助けねばならず、京都で仏門にでも入れようか、と考えていた。

　二人の幼子を連れた一行の足は遅く、それに人目についた。各宿場には手配書が回り、京都奉行所、伏見奉行所が厳重に目を光らせていた。

　二月二十五日、一行は、京都郊外の宿「生菱屋《なまひしや》」に泊まっていたところ、宿の主人から通報され、捕えられてしまった。

　四人が、京都奉行所に引き据えられた。

「天下騒乱の大罪を犯した極悪人の家族どもか」

　役人が憎々し気に言い放った。

「旦那様は極悪人ではありません、世の中の困った人を助けようとされただけです」

　ひろが言い返した。

「女の分際で、生意気なことを言うな」

　役人が鞭で、ひろを打った。

「お役人様、大塩先生の行動を天下騒乱とされますが、では、その天下とは誰のための天下でしょうか」

　今度は、忠兵衛が問うた。

「当たり前だ。徳川様のための天下ではないか」

「その徳川様の天下を預かる人たちが、歪んだ御政道をされていたらどうなるのでしょうか。多くの民が飢え、苦しみます。大塩先生は歪んだ御政道を正し、飢えた民を救おうとされただけです」

忠兵衛は、怯むことがなかった。

「黙れ、黙れ。歪んだ御政道と、百姓の分際で恐れ多いことを言うな。大塩は天下騒乱を企てた極悪人だ」

役人が喚き散らした。

「大塩先生は、高い志を持った方です。賄賂を貰って真っ当な仕事をされないあなた様方には、『燕雀《えんじゃく》安《いづく》んぞ鴻鵠《こうこく》の志を知らんや』です。大塩先生の志など分かるはずがありません」

死を覚悟している忠兵衛は、怯むことがなかった。

「黙れ、黙れ」

役人が怒り狂って、忠兵衛を鞭で激しく打ち続けた。

忠兵衛の顔から血が噴き出たが、忠兵衛は打擲《ちょうちゃく》された痛みなど物の数ではなかった。

それより、これから先、自分の娘や孫たちの過酷な運命を考えると、そちらの方の痛みが耐えられなかった。

――大塩先生は、大義に生きられて本望かもしれないが、弓坊らはこれからどうなってしまうのだ。

忠兵衛は、正直、先生を怨んだ。

大塩残党への奉行所の捕縛網は、日に日に狭まり、市中に潜んでいた近藤梶五郎、庄司儀左衛門、白井孝右衛門が捕らわれた。

奉行所は、まだ見つからぬ、大塩父子、瀬田済之助、渡辺良左衛門の行方を必死に追った。


大塩ら四人は、依然として逃走を続けていた。

四人は、平野郷へ入り、そこから大和路を経て、伊勢に向かうことにしていた。

皆、余分な荷物を捨て、脇差だけを風呂敷に包み、小脇に抱えた。大塩は、やはり煙硝の入った革袋だけは手放さなかった。

道中の小さな宿場町で、古着と笠を買い求め、百姓の姿に身を変えた。

一行は、平野川に沿って一路南へ、平野郷を目指した。

この辺りの街道には、関所は設けられてなかったが、所々に大塩ら四人の手配書、人相書が貼られていた。四人は、笠を深くかぶり直し、その前を足早に進んだ。

道中、一緒に歩くのは危険なので、それぞれが距離をとり、辺りに気を配りながら歩き続けた。食べ物は、大塩に多少の金があったので、街道沿いの農家で買うこと出来た。だが、買えない時もあり、そんな時は水腹で我慢するしかなかった。

当然のことながら宿には泊まれず、人目のつかない場所で野宿せねばならなかった。

四人は、生き延びるためとは言え、惨めな逃避行に耐えねばならなかった。


二十一日、日が暮れかかった頃に、河内の田井中村にたどり着いた。

四人は疲れ果て、中でも足を負傷していた渡辺は、もう一歩も動けなくなっていた。

「先生、私は足手まといになりますので、ここでお暇をください」

渡辺は、秘かに覚悟を決めていた。

大塩が何度も諭したが、渡辺の意思は翻ることがなかった。

「先生、ご無事で」

渡辺がそう言い、脇差の入った風呂敷包みだけを持って、山の方に向かって消えた。

「渡辺、すまぬ、許してくれ」

大塩は、何度も詫びた。

渡辺は、その後、山中で腹を切って果てた。

とうとう三人になってしまった。

三人は、大和川の上流に向かって、無言で歩き続けた。捕縛を逃れるため、少しでも遠くへ行くしかなかった。

瀬田の衰弱がひどく、杖にすがりながら後からついてきた。

二十二日、やっとの思いで、信貴山《しぎさん》の麓近くの恩智《おんじ》村に着いた。瀬田はもう立っていることも出来なかった。

「先生、若先生、小用をたしてきますので、先に行ってください」

瀬田の覚悟の挨拶だった。

瀬田が、ふらふらと森の奥の方へ消えて行った。

瀬田がいつまで戻らないため、大塩父子が森の中を探し歩いた。

一刻（二時間）ほど探しても、瀬田の姿は何処にもなかった。

いつまでも探していると、人目につくので、二人は後ろ髪を引かれる思いで、その場を去らざるを得なかった。

——瀬田も、足手まといになると思い、死ぬつもりだったのだ。

大塩は、最後まで自分たちのことを気遣った瀬田が哀れでならなかった。

瀬田については、後日、近くの村人が、松の枝に帯を垂らして自死しているのを見つけた。手荷物は何もなく、懐に折り畳んだ一枚の檄文が遺書のようにあった。

二十五歳の若さであった。

瀬田には、二十歳の妻がいたが、この妻にも厳しい科が及ぶことは間違いなかった。

二十　潜伏、最後の時

「父上、とうとう二人だけになってしまいましたね」

大塩父子は、惨めな逃避行に打ちのめされていた。

それでも気を取り直し、伊勢への道を重い足どりで歩き続けた。

――多くの同志が捕縛されたり、死んだりしているのに、首謀者である自分が逃げ続けていいものか。早く自害すべきでないか。

――いや、儂が一日でも長く生き続けることが、御政道の誤りを天下に晒すことになるのだ。それと先に幕閣に出した建議書の結果を見極める必要もある。

大塩の迷いが続いていた。

大塩は、終始無言のままであった。

「父上、体の具合が悪ければ、少し休みましょうか」

格之助が、心配して声をかけた。

「いや、それには及ばん」

「父上、私どもは、もう腹を切るべきではないでしょうか」

突然、格之助が大塩の考えていたことを口にした。

「いや、まだ早い。儂らにはまだ残されたことがある」

大塩は、残されたことが何であるか、それは言わなかった。

「父上、このまま伊勢へ向かいますか」

「いや、遠くへ逃れてもいずれは捕まる。何処かに潜伏する」

大塩は、もう逃避行に疲れ果てていた。

「父上、その当てはあるのですか」

「大坂の町に身を潜める」

敵の懐に飛び込むことにした。

――大坂に戻るとしても、自分が立ち回りそうなところは、奉行所が厳重な網を張り巡らしているはず。奉行所の見当がつかない所はないか。

大塩は、考えを巡らせ続けた。

――そうだ。あそこならいいかもしれん。

更紗染の商をしている美吉屋《みよしや》五郎兵衛だった。

五郎兵衛は、かつて大塩が与力であった頃、五郎兵衛の株仲間における問題を解決してやったことがあった。五郎兵衛が、果たしてこの時のことを覚えているかどうかだった。

だが、もうこれに賭けるしかなかった。

二人は、大坂への道をたどった。

人相書が各所に出回っており、姿を変える必要があった。頭を丸め、托鉢僧になろうと考えたが、そんな用意をしてくれる知り合いなどなかった。

二人の髪、髭は伸び放題で、着物もボロボロに破れていたので、大塩は、物乞いに姿を変えることにした。

街道の道端に、筵や破れた笠、椀などが捨てられていた。物乞いの者が、行き倒れになったものと思われた。

大塩と格之助は、筵を丸めて背中に背負い、破れた笠を被り、椀を懐に入れた。

大塩は、風呂敷に包んだ脇差と革袋に入った煙硝だけは手放さなかった。

街道沿いの村に入ると、二人は、別々に門口に立って、食べ物を乞うた。

生きるため、もう恥も外聞もなかった。

門構えの大きな家で邪険に追い払われたりしたが、朽ち果てそうな百姓家で、老婆が自分の家でも食べるのに困ると思われるのに、「ひもじいが、生きなされよ」と言って、茹でた芋を椀に入れてくれた。

大塩は、物乞いに身を落とすことによって、人の心の冷たさ、温かさを知った。

二人は、大坂へ続く街道を、用心しながら歩み続けた。

道中、行き交う人の視線が気になり、何度も破れ笠を深く被り直した。

宿場や村の入口には、大塩と格之助の手配書と人相書が貼られていた。

大塩は、辺りに人がいないことを確かめ、読んでみた。

大塩平八郎、
年齢四十五、六歳、顔細長ク、
色白キ方、眉毛細ク薄キ方、眼細クつり候、
額開、月代青キ方、鼻耳常体、背丈常体、
中肉、言舌爽ヤカニ而尖キ方。

大塩格之助、
年齢二十七歳、顔短ク、色黒キ方、背丈低キ方、

鼻耳常体、眉毛厚キ方、歯上向歯弐枚折レ有、言舌静成方。

とあった。そして、末尾に、「捕えた者、通報した者には、銀百枚を与える、匿った者は重罪に処す。」と、太い文字で書き添えられていた。

今の二人は、髪も髭も伸び放題で、その容貌は人相書と大きく異なっていたが、それでも顔を伏せて、足早に通り過ぎた。

大坂の町が近づくにつれ、警戒網が一段と厳しくなり、二人は、施しを受けるために家の前に立つことも出来なくなった。

日に日に空腹が増し、夜、畑に忍び入って作物を盗り、草を食み、水を飲むしかなかった。二人は、飢饉で餓え死した者の苦しみを、毎日、身をもって感じていた。

二月二十四日、苦難の末に大坂の町に入ることが出来た。そして、辺りが暗くなった頃、阿波堀川沿いにある油掛町の美吉屋が見える所まで来た。

――やっとたどり着いたか。

ここまで無事に来られたことが奇跡のように思えた。

一刻も早く美吉屋の中に入りたかったが、まだ店への人の出入りがあり、そして奉行所が張り込んでいるかもしれないので、離れた場所から様子を窺うことにした。

やがて店の暖簾が仕舞われ、奉公人が立ち働く姿もいなくなった。それでも大塩は、用心を重ね、夜五ツ（午後八時）頃まで物陰に隠れて時を過ごした。

空腹がきりきりと胃袋を締め上げ、時間が二倍にも、三倍にも長く感じられた。

「よし、行くぞ」

大塩は、辺りに人影がいなくなったのを確かめると、美吉屋の表戸を叩いた。

もし、奉公人が出て来たら万事休すである。主人の五郎兵衛が出て来ることを、ひたすらに祈るしかなかった。

何度も叩いていると、店の中から声がした。

「こんな夜分に何の御用でしょうか、店はとうに閉めております」

聞き覚えのある男の声だった。

「火事で燃えました店の者ですが、急ぎの用で参りました」

大塩が、丁寧な言葉で告げた。

「美吉屋、大塩だ、平八郎だ」

今度は、声を潜めて名を告げた。

「え、あの……、あの……」

五郎兵衛の驚きが伝わってきた。

大塩が起こした決起は、既に大坂市中に知れ渡っていた。

「大塩父子を見たら急報するように。匿った者は重罪に処する」との奉行所の触れも出回っていた。

「すまぬが中に入れてくれ」

「そ、そ、それは困ります」

五郎兵衛の声が震えていた。

「長居はせぬから入れてくれ」

「先生、それは困ります」

二人の押し問答がしばらく続いた。

大塩は、ここで断られたら自分らの運命が終わると、執拗に頼み込んだ。

五郎兵衛は、奉公人が起きてくると騒ぎになるので、遂に表戸を開けてしまった。

二つの黒い影が飛び込んで来た。

汚れきった体の臭いが、たちまち周囲に立ち込め、薄暗い店の間に、ギラギラとした獣のような目が光っていた。

五郎兵衛が腰を抜かしたように、へたり込んだ。

「仔細は後で話す、何でもよいから食わせてくれ」

大塩は、体の欲求を満たすことが先だった。

五郎兵衛が、奥から夕飯の残りと茶を盆に乗せて運んできた。

二人は、飢えた野良犬のようにがつがつと貪り食った。

五郎兵衛は、この異様な光景に呆然として、しばらく言葉が出なかった。

やっと人心地がついた大塩が切り出した。

「美吉屋、儂らは追われている、しばらく匿ってくれぬか」

「え、ええー」

五郎兵衛は、絶句するだけであった。

「もし、駄目なら二人とも、ここで切腹する」

風呂敷から脇差を取り出した。

五郎兵衛が青ざめた顔で、しばらくその場に立ち尽くしていた。

「大塩様、一寸、待ってください」

五郎兵衛が奥に入って行った。

女の声がし、誰かと小声で相談しているようであった。

「つね、大塩様を家に入れてあげたいのだが……」

「あんた、あの人らは大罪を犯したお尋ね者ではないですか、そんな人を匿うと、私らも重罪になり、長年に亘って築き上げた美吉屋の身代を失うことになります、今、直ぐ出ていってもらってください」

「そやけどなー、大塩様には、昔、助けていただいた御恩があるのだ」

「昔の恩で、美吉屋の身代を掛けてもらっては困ります。うちには子供も、奉公人もおります。後で大変なことになるから断ってください」

つねが強く反対した。

「今、大塩様を外に出したら捕まってしまう。二、三日で帰ってもらうから……」

「あんたは、どこまで　お人好しや、後で後悔することになりますよ」

つねが根負けした。

「じゃ二日にしといて、三日目の朝には必ず帰ってもらってください」

「すまんな」

五郎兵衛が手を合わせた。

奥から出て来た五郎兵衛が申し訳なさそうに告げた。

「大塩様、二、三日だけなら……」

五郎兵衛としては、それが精一杯の誠意だった。

五郎兵衛が、二人を中庭の奥にある部屋に案内した。ここは、客人用の部屋で、奉公人の目に触れぬ部屋でもあった。

「大塩様、格之助様、大変なご難儀をされましたですね。これでお体を拭いてください」

たっぷりの湯が入った桶を運んできた。

その夜、大塩父子は、さっぱりとした体で、柔らかな夜具に身を横たえた。

「父上、今晩は安心して眠れますね」

「うん、何日ぶりだ。有難いことだ」

腹は満ち、温かい布団に包まれ、二人は地獄の淵から天国に這い上がった気分だった。

そして、普段の生活の有難さをしみじみと噛みしめていた。


大塩父子は、この夜から美吉屋に逗留、いや、潜伏した。

毎日の食事は、五郎兵衛夫妻が、奉公人に気づかれぬようにして運んできた。

時々、五郎兵衛が徳利に入った酒とあぶった干物などを持ってくることもあった。

二人は、奉公人と顔を合わせぬよう、一日中部屋に閉じ籠って、ごろごろと寝転がっているだけであった。時間が耐えようもなく、長く感じられた。

時おり、聞こえてくる小鳥のさえずりや、たまに襖を細目に開けて、春の兆しが少し訪れた中庭の景色を見るのが、何よりの息抜きであった。

「大塩様、今日、町でこんなことを聞きました」

五郎兵衛が食事を運んでくる時に、僅かに交わす会話が、大塩にとって外の世界との唯一のつながりであり、楽しみでもあった。大塩は、五郎兵衛ともっと話をしたかったが、奉公人に気づかれるため、我慢せねばならなかった。

ある日、五郎兵衛が夕食の膳を下げる時、

「天満から出火した火事は大火事となりまして、天満の天神さんも、東照宮さんも、船場の大店のほとんどが焼け、市内の二百五十の町、五万五千軒の家が焼けたそうです」

と、聞かせてくれた。

「そうであったか」

大塩は、市中の大半を焼け野原にしてしまったことを、今更ながら悔いた。

「それでも、市中では大塩様を怨む声は聞こえてきません」

五郎兵衛のその言葉に、大塩は少し救われたような気がした。

「大塩様、あれ以降、何故か、奉行所が米蔵を開け、各町会所にお救い小屋を設けて施粥をし、米屋が米を安く売っております」

大塩は、また救われたような気がした。

潜伏生活は、寝食は満たされていたが、大塩の心は休まるものではなかった。神経が異様に研ぎ澄まされ、外の物音一つにも耳をそばだてるようになった。

——儂は、ここにいつまでも潜んでいてよいのか。美吉屋に災難が及ばぬうちに、早くここから出るべきか。

大塩の迷いが続いた。

この頃、眠ると天井の方から宇津木の声が聞こえてくるようになった。

「先生は大坂中を大火にされ、飢饉で困窮している民を更に不幸に追いやられた。決起に参加した同志は全て捕縛され、自害した者もいる。それなのに先生は、今もって逃げ隠れしておられる。日頃、先生が洗心洞で説かれていた教えは、何処へいってしまわれたのですか。先生も潔く切腹すべきです」

毎夜、自責の念に苛まれるようになった。

美吉屋で、一週間を迎えた。

五郎兵衛夫妻のいさかいが始まった。

「あんた、お二人に早く出ていってもらわないと困ります」

「でもな……、早く出て行ってくれと、そんな薄情なことは言えないし……」

「あんた、恩情をかけていると大変なことになりますよ」

「困ったな……」

五郎兵衛が頭を抱えた。

十日目の朝だった。

「先生、お約束の日が過ぎておりますが……」

五郎兵衛が、その日の朝食を運んで来た時、おずおずと口にした。

「すまぬ、迷惑をかけている。時を待ちたい事があるので、もう少し世話になりたい」

大塩が頭を下げた。

時を待つとは、それが何なのか、大塩は明かすことはなかった。

大塩父子の潜伏は、それからも続き、二十日が過ぎ、一ヶ月が過ぎた。

市中では、なかなか見つからぬ大塩父子について、さまざまな噂が飛び交っていた。

二人が、堂島川の岸辺に連なる、多くの蔵屋敷の何処かに隠れているとか、大坂湊から船で遠国へ逃げたとか、幕閣宛の直訴状を持って江戸に向かっているとか、或いは丹州妙見山に二、三千人の兵力を持って立て籠り、捲土重来の機会を窺っているなど、実しやかに流れた。

妙見山立て籠りについては、噂といえども大坂城代は放置できず、近隣諸藩に応援を求め、千八百の兵を率いて出動したが、大山鳴動して鼠一匹出ずに終わった。

大坂城代と幕閣は、大塩父子が一ヶ月経っても捕縛できぬことに焦っていた。

このままでは、大塩の決起を称賛し、再び決起を起こす者が出かねず、一刻も早く捕縛し、処罰せねばならなかった。


やはり、大塩父子に安住の場所はなかった。

美吉屋に潜伏する大塩父子に、刻々と危機が迫っていた。

それは奉公人からだった。

「旦那様と奥様が、誰もいないはずの奥の部屋に食事を運ばれている」

「奥の部屋に誰かおられるようだ」

「私が奥の部屋の掃除に入ろうとしたら、旦那様にきつく叱られました」

奥の部屋に、誰かがいることを奉公人たちが気付くようになった。

奉公人たちの噂は、次第に近所にも広がり、やがて奉行所の耳にも入った。

「今度こそ、取り逃がすな」

奉行所が色めき立った。

隠密廻りが秘かに動き出し、岡引きが客を装って店を訪れ、店の様子を探り始めた。

五郎兵衛夫妻が秘かに奉行所に呼び出された。

二人は厳しく尋問され、女房のつねが遂に口を割った。

三月二十六日の夕方、子供や奉公人たちも秘かに外に連れ出された。

その夜、五郎兵衛夫妻の食事の運びがなかった。

「父上、食事が出ないとは何か変ですね」

「うん、それに家の中が異様に静かだ」

大塩は危険な気配を察知した。

「父上、逃げましょうか」

「逃げるといっても、もう逃げるところなどない」

大塩は、美吉屋に長く留まりすぎたことを後悔したが、もう手遅れであった。


二十七日、運命の朝を迎えた。

大塩は、店の表戸の隙間から外を覗いた。

六尺棒、木刀、刺股などを持った捕り方が、美吉屋を十重二十重と囲み、火事を警戒して大勢の火消し人足が後方に詰めていた。

「父上、もはやこれまでですね」

「そのようだ」

大塩は、無念な気持ちより、遂に来るべきものが来た、もうこれで逃げ隠れせずにすむ、そんな不思議な気持ちがあった。


「斬ってはならぬぞ。生け捕りにするのだ」

城代の土井は、決起の詳細な顚末を大塩から白状させるため、大塩父子を生け捕るよう捕り方に厳命していた。

大塩と格之助は、捕縛されて生き恥を晒すより、自害することを決意していた。

大塩は、部屋の隅に置いてある火桶の火を大きくした。


死の直前の短い時間、大塩はさまざまなことが頭を過った。

――儂は、学者として、穏やかに人生を終えるべきではなかったか。

――世直しのためとは言え、多くの犠牲者を出してまで決起をやる必要があったのか。

――やはり宇津木の諫言を受け入れるべきだったか。

――儂らが美吉屋に転がり込んだため、美吉屋夫妻は重罪になるであろう。

――弓太郎は何の罪もないのに、儂の係累として生まれたために、これから苛酷な運命を背負わなければならない。

後悔と無念さが、複雑に入り混ざった。

「天下の転覆を謀った極悪人、大塩平八郎、格之助、神妙にせよ」

「大塩、日頃、人に高説を垂れているのに、逃げ隠れするのは卑怯だぞ。早く出てこい」

外で叫ぶ声がした。

大塩は、小役人を相手に言っても詮無いことと思ったが、

「よく聞け。我らは天下転覆を謀ろうとしたのではない。歪んだ御政道を正さんとしただけだ」

更に続けた。

「天下の御政道を預かる者は、民を守り、民を助けねばならぬ。それなのに、今の奉行や役人どもは、民を顧みず、反対に民を苦しめている。故に我らが天に代わって罰を加えんとしたのだ」

大音声で告げた。

二人は、自決を急がねばならなかった。

「では、父上、お先に参ります」

格之助が先に覚悟を告げた。

「格之助、世のためといえ、儂の存念のためにお前まで巻き込んでしまった。許せよ」

「いいえ、父上の高い志は、いつの日か、必ず実を結びます」

二人の最後の会話となった。

格之助が脇差で喉を突き、倒れ込んだ。

「不肖な父であった。許せよ」

大塩は詫びると、自分の着物を脱いで、格之助の遺体に被せてやった。

「美吉屋、そちらも巻き込んでしまった儂の不徳を許せ」

主のいない家にそう言うや、今まで大切に持っていた革袋に入った煙硝を、火桶に全部ぶちまけた。

ドドーン、ドドーン
猛烈な爆音とともに、火柱と黒煙が噴き上がり、辺りが吹き飛んだ。

大塩平八郎四十五歳、大塩格之助二十七歳の生涯であった。

一刻ほどの後に火勢が衰え、捕り方が焼け跡に踏み込んだ時、黒焦げになった二つの塊が転がっていた。

「天下の大罪人、大塩平八郎と格之助、召し捕ったり」

捕り方が大仰に告げ、真っ黒な塊に縄を掛けた。

大塩の決起は、二月十九日の朝五ツ（午前八時）に始まり、三月二十七日明六ツ（午前六時）の大塩父子の自害で決着した。三十九日間の出来事であった。

黒焦げになった大塩父子の遺体は、高原溜《たかはらたまり》に送られ、塩漬けにされた。

二十一　苛烈な処分

幕閣は、大塩の決起を、徳川体制の転覆を企てた大事件として震撼した。そして、それ以上に大塩に対する庶民の高い人気に動揺した。

厳しく処断しなければ、第二、第三の大塩事件が起こるかもしれぬと、事件に関わった者に厳刑で臨むことを決めた。

寺社奉行、勘定奉行、江戸町奉行の三奉行で構成される評定所において、事件関係者に対する処分を評議し、そして裁断を下した。

決起の主謀者、大塩父子は、次のようになった。

東町奉行東組

与力大塩格之助養父、大塩平八郎

大塩格之助

此者儀、平八郎は表に謹厳之行状を餝り、文武忠孝之道を講ながら、内実養子格之助可嫁合約束にて養ひ置候、摂州般若寺村忠兵衛娘みねと及奸通、殊に諸人之信用に随ひ慢心を生じ、軽身分不顧、御政道を批判致し、其上浅はか成儀に候とも、不容易謀計を企て、師命を称し愚昧之門弟等を威伏為致、止而米価高直諸民難渋之折を窺ひ、仁慈を行ひ候存立に託し、又は同組与力、同心等之気合を量り、品々奸舌を以て不平之志を募らせ、夫々一味連判に引入、人気為靡候ため、所持之書籍其余、摂州兵庫西出町長太夫と申、椋出金為致買調候書物をも売払、一己之慈善に申成、右代金を難渋人え施し、遣方は反賊之名聞を嫌ひ、諸民を惑乱可為致ため、無思慮に大言を綴り、不軽文言を認め載せ候檄文村々え為捨置、剰名家の末孫抔と申触、救民計義と偽り唱へ、計策を以、奉行を討取、大坂御城を始諸役所並市中をも焼払、豪家之金銀窮民え分け与へ、一旦同国甲山え可楯籠旨申合、右企露顕之期に至、逆意に不随門弟宇津木矩之允を為及殺害、一味荷担之もの共一同兵員を帯、槍長刀等携、恐多文字書記候旗押立、百姓共を申威多人数徒党を結、大筒火矢等打払、所々放火乱妨および、捕方役人え敵対いたし、格之助儀も右躰之介企申合、愚民を誑惑いたし、平八郎ト倶々反賊之所業および、捕方人数に被打立銘々逃去候後、大坂油掛町五郎兵衛申威、同人方に忍籠在候始末、不恐　公儀仕方重々不届至極に付、両人とも塩詰之死骸引廻之上、於大坂磔等可申付候哉但、江戸、大坂表え科書捨札為建可申候、右之者共儀、吟味以前自殺仕候、一件申口之趣に□も不容易企主謀之者相違無御座候

天保九年戌九月

決起に加わった中で唯一人の生存者、竹上万太郎は、次のようになった。

御弓奉行同心
竹上萬太郎

此者儀、大棹町奉行東組大塩格之助、養父大塩平八郎逆意を企候儀には、不心得に付□作之年柄、諸民乃難渋候に付、窮民計儀と唱へ、奉行を討取上大坂御城始諸役所市井中をも焼払、富家の貯金等窮民へ分け遣候由を以、右企一味之義、申勧候節、民を救ひ候ため仕成候義者、不筋之義にも有之間敷存、同意之上盟文江血判致し、其上御政道批判又者、無此上恐多文言等認め有之檄文をも、一覧に及び中には徹心之儀も有

之候義□、弥右企発起之手続申合、尚期に至所持之鉄砲持参、平八郎宅江相越候所、内変出来狼狽候様子見受、事成就無覚束存徒党を可□去、其場を□去候儀とも、不恐公儀仕方始末重々不届至極に付、引廻し之上磔に行者也。

天保九年戌九月

決起の主要人物、瀬田済之助らは、次のようになった。

大坂町奉行東組
与力　瀬田済之助
同　小泉淵次郎
同心　渡辺良左衛門
同　庄司儀左衛門
同　近藤梶五郎
摂州吹田村
神主　宮脇志摩
般若寺村
庄屋　忠兵衛
年寄　源兵衛

百姓代 儀七

猪飼野村 百姓 司馬助

森小路村 医師 文蔵

河州守口村 百姓 孝右衛門

門真三番村 同 郡次

同 九右衛門

尊延寺村 同 才次郎

弓削村 同 利三郎

無宿 正一郎

此者儀、大塩平八郎慢心長じ米価高値、諸民難渋之時節を量り、人気を為靡候計略を巡らし、所持之書籍其余、摂州兵庫西出町長太夫等より兼而貧取候金に而買調候分をも売払、右代金施行致し、一己之慈善と申成、亦者軽き身分不顧、御政道批判救民計儀偽り唱え、奉行を討取、大坂御城始め市中をも焼払、豪家之金銀民に分け遣し、一旦摂州甲山へ楯籠り抔と無思慮大言申述、其上反賊之名目を嫌ひ、愚民を惑乱可為致ため、品ゝ不軽文言認め載せ候檄文を位師命難背抔存、逆銘々一味連判致し、剰徒党発起之節、槍刀を携へ百姓共申威し、多人数徒党発起の節、人数加り候者は平八郎指図随ひ、一同兵具を帯し槍刀を携へ百姓共申威し、多人数徒党に引入大筒打払、市中放火及乱妨捕方役人に致敵対候始末不恐公儀仕方、重々不届至極に付、瀬田済之助外十五人之者、塩詰之死骸引廻し之上、磔に申付、利三郎も死骸腐爛不致候は、同様可申付処、吟味以前病死致候間、墳墓取壊申付もの也。

天保九年戌九月

評定所は、重罪者として、大塩平八郎、格之助、瀬田済之助、小泉淵次郎、渡辺良左衛門、庄司儀左衛門、近藤梶五郎、大井正一郎、竹上万太郎、神主の宮脇志摩、医師の横川文哉、百姓の橋本忠兵衛、白井孝右衛門、深尾才次郎ら二十人とした。

重罪者に対する刑は、磔・獄門・死罪があり、大塩平八郎と格之助父子は「塩詰死骸引廻之上、磔」となり、その他の者は「引廻之上、磔」、「引廻之上、獄門」、「獄門・死罪」となった。

大塩の伯父、大西与五郎は遠島、養子の善之進は中追放《ちゅう》となった。近江小川村の志村周次は、行方不明のままであった。重傷の身で郷里へ帰るのは困難だった。

この他、施行札を配った河内屋木兵衛とその一統、檄文の版木を彫った市田治郎兵衛、大筒を貸した者、煙硝を売った者、大塩残党を船に乗せた船頭、檄文を配った者、決起に加わった農民ら、些かでも決起に関わった者は、厳しい処分となった。

「遠島・追放」三十九人、「押込・手鎖」九十八人、「過料・叱」五百九十八人であった。

これらの者のうち、裁断の前に死んだ者は、墓を取り壊すことが命じられた。

更に、決起の主要人物については、その子供についても罰が科された。子供を親類預けとし、十五歳に達した時に、種子島、屋久島、天草島などへ遠島処分とした。


大塩の家族については、内妻ゆうが佐渡島へ遠島を命ぜられ、ゆうは遠島の前に、牢内で亡くなった。格之助の妻みねも入牢となり、牢内で亡くなった。

二人は、牢内で取り乱すこともなかったが、「あの子だけは、なにとぞ寛大なお慈悲を」と、弓太郎のことを訴え続けていた。

その弓太郎の仕置きについて、評定所一座は取り扱いに窮した。

憐憫の情をかけるべきか、それとも厳罰で臨むべきか、意見が分かれたが、「三歳の幼児ではあるが、主謀者平八郎の血統につき死罪」との結論を出した。

だが、担当老中の松平和泉守は違った意見を出し、再度、評定所で評議し、更に学問所昌平黌《しょうへいこう》の学頭林述斎《はやしじゅっさい》らの意見も徴した。

最終的に、「弓太郎の儀、死罪申し付ける処、幼稚の儀に付、別段の御宥恕を以て永牢」とした。三歳の弓太郎が劣悪な牢に入れば、死ぬのは時間の問題であった。

大塩父子を匿った美吉屋五郎兵衛夫妻は、重要関係人として江戸へ送られ、厳しい吟味が行われた。

「天下の大罪人を、何故匿ったのか」

「二、三日だけとのお約束でしたので……」

五郎兵衛は、それだけしか言わなかった。

五郎兵衛は、大塩父子が潜んでいる時、いつでも密訴し、多額の賞金を貰うことが出来たが、恩を仇で返すようなことはしなかった。

——身代を失った阿呆な先祖だと、後々の子孫は笑うかもしれないが、儂は大塩様の世直しに、美吉屋の身代を掛けさせてもらったのだ。

五郎兵衛は、そう思うようになった。

女房のつねも、もう五郎兵衛を責めることはなかった。

五郎兵衛夫妻は、入牢を申し付けられ、五郎兵衛は十一月に牢死し、女房つねも、後を追うように十二月に牢死した。過酷で、劣悪な牢に入れば、生きることは困難であった。

大塩父子らの処刑が執行されることになった。

奉行所は、処刑にあたって、世間に大塩らの罪状を知らしめるため、罪状を記した立札を、飛田の刑場、京橋、天満橋、日本橋の袂に立てた。

九月十九日、大塩事件の重罪者二十人の処刑が、摂州今宮村の飛田刑場で行われることになった。

泉州街道沿いの人里離れた原野の一角にある刑場には、遠方にも関らず大勢の人が詰めかけていた。その多くは、怖いもの見たさではなく、大塩父子への同情と、幕閣、奉行所に対する無言の抗議を示す人たちであった。

「お気の毒に」

「大塩様、成仏してくだされ」

皆、小さな声で呟き、合掌した。

そんな人波の中に、頬被りをし、身を隠すようにした末吉の姿があった。

末吉は、自身も決起の列に加わったため、見つかれば「獄門、死罪」になることは間違いなかった。それでも大塩様をお見送りしたく、危険を冒して飛田の刑場に出かけた。

周囲の目に怯えていたが、誰も気づく者はいなかった。

末吉は、人波をかき分け、一番前に出た。

刑場は、周囲を二重の竹矢来で囲まれ、草が生い茂った一段と高い場所に、白木で出来た二十本の磔柱《はりつけばしら》が立てられていた。

その磔柱には、ただ一人生き残った竹上万太郎と、既に死亡した十九人の死骸がくくりつけられていた。

罪人が処刑の前に死亡した場合、遺体は塩詰めにされて処刑の日を待ち、生きている者と同じように磔が執行されるのが慣わしであった。

竹矢来の前に、一人一人の罪状が書かれた立札が立っていた。

末吉は、大塩様の立札を食い入るように見た。

書かれた字が難解で読めなかった。

——大塩様は、困った人を助けようとされただけだ。それなのに何をしたというのだ。

どうしても罪状を知りたかった。

「どんなことが書いてあるのですか」

末吉は、恐る恐る、隣にいた僧形の男に尋ねた。

「さればじゃ、大塩なる人物は、軽き身分をも顧みず、御政道を批判し、浅はかなことを企て、不平の輩を一味に引き入れ、奉行を討ち取り、大坂城、諸役所、市中を焼き払う所業に及びしは不届至極につき、塩詰め死骸引き廻しのうえ、磔に行う」

小さな声で教えてくれた。

焼け焦げて、真っ黒な塊となった大塩父子の死骸は、何重もの荒縄で巻かれ、辛うじて磔柱にくくり付けられていた。

末吉は、あまりの惨さに目をそらした。

飢えた人のために立ち上がられた大塩様が、極悪人として、このような非道な扱いをされることに怒りがこみ上げてきた。末吉は、あらん限りの気持ちを込めて、合掌した。

役人が、大声で大塩父子の罪状を読み上げ、刑の執行を命じた。

「エイ、エイ」

最初に、大塩平八郎の黒い死骸が、二人の刑吏により、左右から槍で突かれた。

血が噴き出ることはなく、黒い塊がバラバラと落ちた。続いて同じように格之助の黒い死骸が処刑された。

その後、ただ一人の生存者、竹上万太郎への執行が行われた。竹上は絶命するまで何度も槍で突かれた。四十九歳であった。

無言の死骸への処刑が、次々と執行されていった。

その異様な処刑は、竹矢来の外から見ている者たちの心を一層寒からしめた。

荒涼たる刑場に冷たい秋風が吹きすさみ、死者の魂を送るかのように、辺り一面の薄《すすき》が風に揺らいでいた。

末吉は、もう一度深く合掌して、刑場を去った。

大塩父子と大塩一党は、残らず処刑された。

それでも大坂の町では、大塩平八郎はまだ何処かで生きているとの噂が絶えなかった。

「大塩さんは、大坂の町を焼け野原にされたが、それでも世直し大明神や」

「そうや、大塩さんの首に、たとい千両の懸賞金がついても、訴える者は誰もおらんで」

大坂の人々は、いつまでもそう言い続けた。

大塩事件のその後

大塩の決起は、あっけない決末に終わったが、大塩が最後まで望みを託した幕閣宛の建白書の結末が気になるところである。

建白書は、江戸の飛脚問屋京屋弥兵衛方に届き、弥兵衛は、宛先の学問所昌平黌林述斎に届けていた。その後、大坂東町奉行の跡部良弼《あとべよしすけ》からの早飛脚で、書類を大坂に戻すよう指示があり、弥兵衛は急ぎ回収し、書類包を大坂の飛脚問屋、尾張屋宛に送り返した。

だが、この書類包は、道中の三島宿の飛脚問屋で中継した飛脚人足が不心得を起こし、包の中に金目の物がないかと中身を開けてしまい、そして金がなかったため、書類を捨ててしまった。

書類は、後日、三島宿に近い箱根山中で村人が発見し、伊豆韮山《にらやま》代官所に届け出た。

建白書は、林述斎と韮山代官江川太郎左衛門から幕閣に送られたが、大塩の決起は既に鎮圧されており、幕閣はこれを握り潰したものと思われる。

だが、大塩決起の報は、瞬く間に全国各地に伝わり、幕閣は警戒を強めた。

なかでも幕政を糾弾した「檄文」が流布されることに神経を尖らせ、所持する者を厳しく取り締まった。それでも筆写などによって秘かに全国に広がっていった。

「大塩の怨みを晴らす」、「大塩の弔い合戦をする」という張り紙が貼り出されると、米の値段が急に下がったとされる。

各藩も、第二、第三の大塩事件の発生を恐れ、警戒を強めた。

それでも、大塩決起が鎮圧されたその年の六月、越後柏崎で、国学者生田万《いくたよろず》が農民を集め、飢饉に苦しむ民の救済を求めて乱を起こした。「奉天命誅国賊」の幟を立て、領地を管轄する陣屋を襲った。

七月には、大坂能勢郡で農民が「大塩味方」、「徳政訴訟人」などの幟旗を掲げて、窮民への米支給、徳政令の発布を求め、庄屋、富豪を襲う能勢騒動が起こった。

それまで鬱積していた民の不満が、大塩の決起の影響を受け、一挙に噴出す形となった。

天保の大飢饉は、天保三年（一八三二）から天保九年（一八三八）までの間続き、天保十年（一八三九）に、平年作に戻ったことで、ようやく収束するに至った。

江戸時代で最大級の飢饉といわれる天保飢饉は、全国で何十万もの餓死者が出たとされる。幕閣は、この甚大な被害に衝撃を受けたが、それ以上に、徳川の絶対体制下で発生した大塩の決起に震撼した。

何よりも幕府の直轄地大坂で、決起の首謀者が職を退いたとは言え、かつては徳川体制を守る奉行所与力であったことである。更に、大塩が発した世直しの「檄文」は、御政道の歪みを天下に晒すことになった。大塩の決起は、幕府御政道に警鐘を鳴らす、言わば「天保の雷鳴」であった。

幕閣は、強い批判に晒されることになり、時の老中首座水野忠邦は、いやが上にも幕政改革を迫られることになった。

そもそも大塩決起は、忠邦の実弟である大坂東町奉行跡部良弼が、大塩の飢饉への救済策を聞き入れず、大坂の民が困っているのに江戸へ米を送り続けていたことに端を発しており、忠邦は、実弟の不始末の責任を負う形になったとも言える。

忠邦は、役人の綱紀粛正、財政の立て直し、物価の抑制などに躍起となり、享保飢饉において、八代将軍吉宗が行った「享保の改革」を再現すべく、「天保の改革」を強権的に進めることになった。

その内容とするところは、

一役人の綱紀粛正と冗費の節約
一汚職と賄賂の厳禁
一奢侈《しゃし》、贅沢の一掃、風俗の取り締まり、質素倹約の励行
一物価の一律引き下げ、株仲間の解散
一風俗退廃の原因とされる本、演劇、寄席、遊里などの禁止、縮小

この他、江戸への人口集中を防ぎ、農村の生産人口を確保するため、農民を農村に帰す「人返し令」を制定した。

大塩の決起によって、震撼したのは幕閣だけでなかった。

船場の鴻池、住友、三井呉服店などの豪商は、店は丸焼け、蔵は破られ、金を盗まれ、大量の米を奪い取られるなど、莫大な損害を出した。

だが、それ以上に、大塩の檄文において、「餓死、貧人、乞食らの者を顧みず、妾宅に入り込み、高価な酒を湯水の如く飲み、遊楽に耽り……」などと、その退廃ぶり天下に晒されたことであった。

大塩の決起は、豪商たちに大きな衝撃を与え、深刻な反省をもたらすことになった。

買い占めや売り惜しみをすれば、民の怨みを買い、必ず天罰が下るとして、商売の改革を迫られることになった。

商売においては、よく慎み、よく考えてするように努め、決して買い占め、売り惜しみなどをしないよう強く戒め、家政改革を進めることになった。

また、私生活においても、自分たちや妻女の着用する着物は、絹をやめて木綿を用い、家族が食べるものまで万事にわたって質素、倹約に努めるよう指示し、これは奉公人にまで及んだ。そして、これらの戒めは、家訓として子孫末代まで残されることになった。

大塩の決起は、不首尾に終わったが、大塩が世に投じた一石は、その後の幕末政変、徳川幕府の崩壊、明治維新へと続く、歴史の大きなうねりを起こすきっかけとなった。

大塩平八郎「檄文」

四海困窮致候ハ、天禄長く絶ん、小人ニ国家を治め志免バ災害井至ると、昔の聖人深天下後世人の君人及臣たる者ニ御誡被置候故、東照神君にも鰥寡孤独に於て、尤憐ミを加ふべくハ是仁政の基と被仰置候、爰ニ弐百四五十年太平之間に追々上たる人、驕者とておごりを極メ大切之政事ニ携候諸役人共、賄賂も公ニ接受とて贈貰致し、奥む起女中に因縁を以道徳仁義もなき拙き身分ニて、重き役ニ経上がり、一人一家を肥し候工夫のミに知術をめぐらし、其領分知行所の民百姓共に過分の用金を申付、是迄年貢諸役之甚敷苦しむうへに右の無躰なる儀申渡し、追ゝ入用かさ高に候ゆへ、四海困窮と相成候ニ付、人ゝ上を不怨者無之様ニ成行候へ共、江戸表諸国一統右之風儀に落入、天子者足利家已来別而御隠居御同様賞罰の柄を御失ひに付、下民之者怨何方江告愬ふる方もなき様ニ乱候ニ付、人の怨気天に通じ年ゝ地震、火災、山も崩るゝのも溢るゝより外、色ゝ様ゝ天災流行、終に五穀飢饉ニ相成、是皆天より深く御誡しめ難有御告ニ候へ共、一向上たる人心もつかず猶小人者之輩大切之政を執行、只下をなやまし金銀米を取立る手段斗りに打掛り、実以小前の百姓共の難儀を我等が如き者、草のかげより常に察し悲しミ候へ共、湯王の勢位無之孔子孟子の道徳もなければ徒に蟄居致し候、此節米穀価弥ゝ高値に相成候へとも、大坂奉行井に諸役人共万物一体の仁を忘れ得手勝手の政道致し、江戸斗り廻米いたし、天子御在所の京都へハ廻し米を不致而已ならず、わずか五升一斗位の米を買い下り候者を召捕、実ニ往古唐土の葛伯といふ大名共、農人の弁当を持運び候小児を殺し候も同様言語道断何運の土地ニても、人民者徳川家御支配之者ニ無相違所、如此へだてを付候者、全奉行等之不仁ニ而其上勝手我儘之触書等を度〻差し出し、大坂市中遊民計りを大切ニ心得候は、前にも申通り道徳仁儀不存、拙き身ゆへニ甚あつかましき不届のいたり、且三都之大坂金持共年来諸大名へ貸附利得の金銀共扶持米等を莫大に掠取り、未曽有之有福にくらし候、町人の身を以て大名家家老用人格に取用ひ又ハ自己田畑新田等をおびただしく所持し、何に不足なき暮らし、天災天罰をみながらおそれも致さず、餓死之貧人乞食をも阿へて不救、其身ハこうりょう乃味とて結構之ものをくらひ、妾宅等江入込、或ハ揚屋茶や江大名の家来と誘引参り高価な酒を湯水を呑も同様に致し、此難渋之時節ニ絹服をまとい河原者妓女と共に迎江平生同様ニ游楽に志つみ候ハ、何等之事に候哉、紂王長夜の酒盛りも同事、其所の奉行諸役人手に握り候政を以て、右之者共取り〆、下民を救ひの儀も難出来、日〻堂嶋相場斗りをい志リ廻し、実に禄盗人にて決而天道聖人の御心ニ難叶、蟄居之我等が最早堪忍難成、湯武の勢い孔孟の徳なけれハ無拠為天下、血族の禍を犯し候、扨諸役人を先ツ誅伐致し引続きおごりに長し居候大坂市中金持之町人共を及誅伐可申候間、右之者共穴蔵にたくわへ置候金銀銭等諸蔵屋敷ニ隠置候俵米、夫〻江分散配当致し遣し候間、摂河泉播之内田畑取持不致者、譬ひ所持致し候共、父母妻子家内之養ひ方難出来程の者ハ右金米を取らせつかわし候間、大坂市中そうどふ起り候と聞伝へ、里数をいとわず一刻も早く大坂江向馳可参候間面ゝ江右金米をわけ遣し可申候、鉅橋鹿台の粟を下民江被与遣候心ニて当時之飢饉難儀を相救ひ遣し候、若又其内器量才力有之者ハ夫ゝ取立無道者共を征伐致し候、軍役ニも遣ひ可申候、必一揆蜂起之企とは違ひ候、追ゝ年貢役ニ至る迄軽く致し、都而中興伸君帝御政道の寛仁大度之取扱ニ致し遣し、年ゝ驕奢淫逸之風俗を一統相改、質素ニ立戻り四海万民いつまでも、天恩を難有存じ、父母妻子を為養生の前の地獄を救ひ、死後の極楽成仏を眼前ニ見せ遣し、堯舜、天照皇太神之時代に復しがたくも、中興之気象に洩復立戻り可申候、此書付村ゝ江一ゝ知らせ度候へ共、数多之事ニ付最寄之人家多く候大村之神殿江張り付置候間、大坂より廻し有之番人共ニ知らせざる様に心掛、早ゝ村ゝ江相触可申候、万一番人共ニ眼ニ付大坂四カ所之奸人共へ致注進之様子ニ候へ者、無遠慮面ゝ申合、番人共を打殺し可申候、若右そうどふおこり候を乍承り致疑馳参り不申、又者及遅ゝニば金持之米、金は皆火中の灰と相成り天下の宝を取失ひ可申候間、跡ニて必我等を恨ミ宝を捨てる無道者と陰言を不致様可申候、其為一統江触知らせし尤是迄地頭村方ニ有、年貢等ニかゝわる諸記録帳面之類、都而引破り、焼捨可申候、是往ゝ深き意有事ニ候、乍去此度の一挙当朝平将門、明智光秀、割裕朱全忠之むほんニ類し候と申者も是非可有道理ニ候へ共、我等一統心中に天下国家をさんとう致し候よく称んよりおこりしにハ更ニ無之、日月星辰の神鑑ニ有事ニて詰る所ハ湯武漢高祖、明太祖民を吊ひ君を誅し天罰執行候誠心而、若疑敷

覚候ハバ、我等の所業終る所をなんぢら眼を開きて看、但し此書付小前之者へハ道場坊主、
或は医師より篤与読聞せ可申候、若庄屋年寄眼前の禍をおそれ、一尺隠し候ハバ追而急度
其罰ニ可行候。奉天命致し天討候。

天保八酉年　月　日　某

摂河泉播村

庄屋年寄百姓井小前百姓共江

あとがき

歴史上の人物の評価は、時代やそのときどきの為政者によって変わると、言われる。「大塩の乱」の主人公大塩平八郎の場合もそうである。大塩は、江戸時代の徳川政権下においては、天下転覆を企てた極悪人とされ、大塩は自害し、身内や関係者は極刑に処せられた。だが、明治の時代になると、違った評価となってくる。

そして、現代においては、例えば中学歴史教科書（育鵬社刊）を見ると、

十九世紀前半には凶作が続き、天保のききんとよばれる被害が広がりました。この混乱の中、商人が米を買い占めたため、天明のききんのときよりも多くの一揆や打ちこわしが起りました。幕府は有効な手だてを打つことができず、社会不安はいっそう高まりました。大坂町奉行所の元役人だった大塩平八郎は、このような状況を見かね一八三七（天保八）年、仲間を率いて大商人の店を襲い、米や金をうばって貧しい人々に分けあたえようとしました、この乱はわずか半日で平定され、大塩も自害しましたが、事件を起こしたのが幕府側の人物だったため、幕

府が受けた打撃は深刻でした。また、大坂という大都市で起きたため、事件の内容はまたたく間に全国に知れわたりました。

と、記述されている。

大塩は、塾生らに陽明学の教えを説いた。自身も奉行所の仕事においてこれを厳しく実践した。大塩は、決起に敗北した後、逃走を続け、最後は少しの縁を頼って「美吉屋」にたどり着いた。美吉屋の主人は、仕事上で受けた恩義を忘れず、大きな危険を冒して大塩父子を匿うことになった。

大塩は、決起に参加した塾生らが捕縛され、自害しているのに、三十日余も美吉屋に潜伏した。最後は奉行所に覚知され、包囲されてしまった。

大塩は逃げ切れぬと、爆薬で美吉屋もろとも吹っ飛んだ。美吉屋は焼失、身代も全て無くなり、主人夫妻は極刑に処せられた。

高邁な理想を掲げ、これに生きた大塩であったが、人の死に際は、美学ばかりではないようである。

大塩の乱は、大塩平八郎が主役である。だが、この乱は当然のことながら、大塩一人で起こし得たわけでなく、大塩格之助、瀬田済之助、橋本忠兵衛など多くの者が一身をなげうって大塩のために力を尽くした。また、反対に大塩や塾生のことを心配し、乱を思いとどまるよう必死に諫言し、殺された宇津木矩之允もいた。

歴史上の事件は、主役には日が当たるが、主役のために身を粉にした脇役たちは、あまり知られることはない。主役の陰に、多くの脇役の存在があったことを忘れてはならないと思う。

大塩の乱、原因の一つは、飢饉の惨状に端を発している。このことは、現代において大きなテーマを与えていると思う。

現代社会は、とどまることのない経済的な豊かさ、利便性を追い求めている。そして、私たち自身も、豊かで、快適で、便利な生活に慣れきっている。これからも当然のごとく享受できるものと思っている。

だが、現代の大量生産、大量消費社会システムによる地球環境の破壊、地球温暖化による猛暑、豪雨などの異常気象、世界各地における紛争の勃発など、食料生産における大きな危機が生じてきている。更に、近未来には地球資源の枯渇も予測される。

このことは、地球的規模の食糧不足をもたらし、各国による食料の奪い合いになる。

食料自給率が低い日本は、深刻な影響をうけることになる。そうなれば、東京や大阪などの巨大都市が真っ先に飢饉に陥り、それは天保飢饉を上回る惨状になるかもしれない。

大塩の乱、原因のもう一つは、御政道の歪み、役人の不正、米商人らの金儲けに対する、大塩の義憤から端を発している。このことは、現代においても大きな戒めとして考えなければならないと思う。

いつの世においても、社会の不正、不祥事は絶えることがない。それは今日においても変わることがなく、中でも政界、経済界におけるそれは、社会に及ぼす影響が大きい。

御政道を預かる政治家、社会を動かす立場にある人は、自分の側の利益を求めるあまり、社会的批判を受けたり、倫理感や人格を問われることがあってはならない。その立場にある者は、立場にふさわしい矜持、「ノブレス・オブリージュ」が求められる。このことは、大塩が世直しに求めていたことでもあると思う。

今回の出版に際して、サンライズ出版社長の岩根順子さんから、適切な助言をいただいたことに感謝を申し上げたい。

二〇二四年八月

竹中敬明

主な参考文献・引用文献

『大塩平八郎の乱　幕府を震撼させた武装蜂起の真相』藪田貫　中公新書（二〇二二年）
『大塩平八郎』宮城公子　ぺりかん社（二〇〇五年）
『大塩平八郎の総合研究』大塩事件研究会　和泉書院（二〇一一年）
『史料が語る大塩事件と天保改革』中瀬寿一・村上義光　晃洋書房（一九九二年）
『大塩平八郎の時代　洗心洞門人の軌跡』森田康夫　校倉書房（一九九三年）
「大塩平八郎」『森鷗外全集5　山椒大夫／高瀬舟』森鷗外　ちくま文庫（一九九五年）
『近世の飢饉』菊池勇夫　吉川弘文館（一九九七年）
『飢饉の社会史』菊池勇夫　校倉書房（一九九四年）
『飢饉　飢えと食の日本史』菊池勇夫　集英社新書（二〇〇〇年）
『気候で読み解く日本の歴史　異常気象との攻防1400年』田家康　日本経済新聞出版社（二〇一三年）
『浅間山大噴火』渡辺尚志　吉川弘文館（二〇一八年）
『飢えと食の日本史』菊池勇夫　吉川弘文館（二〇一九年）
『江戸時代の飢饉』長塚一雄　雄山閣出版（一九八二年）
『中江藤樹』渡部武　清水書院（一九七四年）

● 著者
竹中敬明（たけなか　よしはる）
1941年　岐阜県大垣市生まれ
岐阜県立大垣北高等学校卒
岐阜県参事等歴任

著書
『知っておきたい国旗・旗の基礎知識』岐阜新聞社（2003年）
『四季の年中行事と習わし』近代消防社（2010年）
『命の島　遠州船遭難顛末記』羽衣出版（2022年）

もはや堪忍《かんにん》なり難《がた》く　大塩平八郎《おおしおへいはちろう》の乱

2024年９月20日　初版第１刷発行

著　者　竹中敬明

発行者　岩根順子

発行所　サンライズ出版
〒522-0004 滋賀県彦根市鳥居本町655-1
tel 0749-22-0627　fax 0749-23-7720

印刷・製本　サンライズ出版株式会社

 ISBN978-4-88325-828-4